O marido de minha mulher

odisséia
EDITORIAL

O marido de minha mulher

Luigi Pirandello

Tradução de Jacob Penteado

Lexikon Editora Digital Ltda.
Rua do Carmo, 7/7º andar – Centro – 20011-020
Rio de Janeiro – RJ – Brasil
Tel.: (21) 3212-2600 – Fax: (21) 3212-2624

CIP-Brasil. Catalogação-na-fonte
Sindicato Nacional dos Editores de Livros, RJ

P74m Pirandello, Luigi, 1867-1936
O marido de minha mulher / Luigi Pirandello ; tradução de Jacob Penteado. – Rio de Janeiro : Lexikon, 2007.

Tradução de: Novelle per un ano
ISBN 978-85-86368-22-6

1. Teatro italiano (Literatura). I. Penteado, Jacob, 1900-1973. II. Título.

CDD: 852
CDU: 821.131.1-2

Sumário

O marido de minha mulher

O cavalo e o boi, li certa vez em um livro, do qual não me recordo nem do título nem do autor — *o cavalo e o boi...*

Mas será melhor que deixemos em paz o boi. Citemos somente o cavalo.

O cavalo — então — *que não sabe que deve morrer, não possui metafísica. Mas se o cavalo soubesse que deve morrer, o problema da morte se tornaria, para ele também, bem mais grave do que o da vida.*

Encontrar a alfafa e o capim é, por certo, gravíssimo problema. Mas por trás deste problema surge outro: "Por que então, depois de haver trabalhado vinte, trinta anos para encontrar a alfafa e o capim, ter que morrer, sem saber por que razão se viveu?

O cavalo não sabe que deve morrer, e não faz a si mesmo tais perguntas. Ao homem, porém, que — segundo a definição de Schopenhauer — é um animal metafísico (que, literalmente, quer dizer UM ANIMAL QUE SABE QUE TEM QUE MORRER), *essa pergunta está sempre presente.*

Segue-se daí, se não me engano, que todos os homens deveriam, sinceramente, congratular-se com o cavalo. E ainda mais aqueles animais metafísicos que, enfermos, como eu, por exemplo, não só sabem que irão morrer dentro em breve, mas também pressentem aquilo que acontecerá em sua casa, depois de sua morte, sem poder se ofender.

O pouco que resta já se acha contaminado. O humor vital, às gotas, azeda-se cada vez mais, dia a dia, dentro de mim. E quero, ao preencher estas poucas folhas de papel, proporcionar-me a satisfação do sabor de água do mar (satisfação que, de qualquer maneira, não sentirei), de fazer com que minha mulher saiba que eu havia previsto tudo.

A idéia ocorreu-me esta manhã. E brotou-me, porque minha mulher me surpreendeu no corredor, atrás da porta da saleta, quietinho, a espreitar pelo buraco da fechadura.

— Ó você, que não é ciumento — gritou-me —, que está fazendo aí? Ora, vejam só! Até chegou a descalçar os sapatos para não fazer barulho.

Olhei para meus pés. — Descalços! era verdade. E minha mulher, no entanto, ria fragorosamente. Que dizer? Gaguejei idiotíssimas desculpas: que não estava espiando de maneira alguma, que somente a curiosidade me impelira a espreitar: não ouvira mais o som do piano; não tinha visto o maestro sair, e assim...

Mas juro que os sapatos (falando com o devido respeito) eu os havia descalçado desde algum tempo, sem segunda intenção. Eles me machucam os pés. E a senhora, minha cara Eufêmia, que me surpreendeu ali descalço, devia saber por que me machucam e não rir, pelo menos diante de mim. Tenho edemas nos pés e, para enganar o tempo, costumo apalpá-los: aperto-os, meto-lhes um dedo, que neles afunda, e depois fico a olhar para ver como a carne aos poucos volta a subir.

Isso não quer dizer, todavia, que eu não haja cometido uma imperdoável tolice.

Mas, se eu sabia, se eu sei, que minha mulher não tolera esse professor de música! E, além disso, estou certo, certíssimo de que — enquanto eu viver — ela não me atraiçoará. Nunca me atraiçoou em tantos anos, e iria confundir-se por um par de meses — vamos dar mais — quatro, seis? Mas não: ela teria paciência, tenho certeza disso, mesmo que ainda me arrastasse por mais um ano, suponhamos.

E depois, eu o conheço, conheço muito bem o marido futuro — de minha mulher! E também por ele eu seria capaz de pôr as mãos no fogo, pois seria incapaz de causar-me qualquer aborrecimento enquanto o meu nariz estiver fungando.

Ele é, está claro, um meu caríssimo amigo. Ótimo rapaz.

Isto é, na verdade, não tanto. Quarenta anos, quase minha idade. Mas é como se eu já tivesse cem, ao passo que ele, sólido, bem instalado na vida, como se fosse um carvalho no bosque; e além disso, dotado, como diziam os antigos, "de todas aquelas boas qualidades que são necessárias para ser um marido perfeito": hábitos morigerados, generosa e gentilíssima índole.

Provam-no os cuidados que teve por mim.

Quase todos os dias, para dar um exemplo, traz o carro para que eu possa ir respirar um bocado de ar. Dá-me o braço e ajuda-me a descer, bem devagarinho, os degraus, obrigando-me a descansar nos patamares, a cada lance de escadas, conta até cem, depois me toma o pulso, para examinar a pulsação, olha-me bem nos olhos e pergunta, docemente:

— Continuemos?

— Continuemos.

E assim sempre, até o fim, devagar, devagarinho, devagar, devagarinho. Para subir, depois do passeio de carro — ele de um lado, o porteiro do outro —, carregam-me numa cadeira. Já me rebelei, mas em vão. Não posso, é verdade, subir sete lances de escada, em seguida, pois perderia o fôlego; mas eu desejaria que o amigo não se incomodasse tanto, que o porteiro pelo menos se fizesse ajudar por outra pessoa... Pois sim! Florestano, se lhe fosse possível, seria capaz de levar-me para cima, ele sozinho, sem qualquer auxílio. Ora, afinal de contas, não peso muito (quarenta e cinco quilos, com todos os edemas); e também penso: servindo-me ele deseja conquistar para si a felicidade futura. Deixemo-lo fazer, então!

Também minha mulher, Eufêmia, de outro lado, sente-se quase feliz em sofrer por mim, para conquistar ela também, diante da própria consciência, o direito de gozar, mais tarde, sem qualquer remorso. Honesto direito, honestíssima compensação, que nem a vida nem a consciência podem negar-lhe, e do qual eu, repito, não devo aborrecer-me.

Confesso, todavia, que às vezes ocorre-me quase o pensamento de desejar que tanto um como a outra sejam dois refinadíssimos tratantes. A honestidade de seus propósitos, a delicadeza de seus sentimentos tornam-se realmente para mim a mais requintada das crueldades, porque eu, não podendo de maneira alguma revoltar-me contra tudo aquilo que, sem dúvida, acontecerá depois de minha morte, vejo-me obrigado, por exemplo, a pôr nos joelhos o meu filhinho, o meu único filhinho, e a ensinar-lhe a amar, a ter respeito filiar para com aquele que, dentro em breve, irá ser-lhe um segundo pai, e a aconselhá-lo a que não procure jamais dar motivos de queixa. E eu lhe digo:

— Veja, meu Carlinhos: você está com as mãozinhas sujas. Que lhe disse ontem titio Florestano, quando viu uma mancha de tinta em seu narizinho? Disse-lhe: “Lave-se, Carlinhos, se não o prendem, sabe!” Não é nada verdade, viu? Titio Florestano estava brincando. Hoje não se usa mais mandar para a cadeia quem tem as mãos sujas. Mas, de qualquer maneira, você as lave, porque titio Florestano gosta de meninos asseados. Ele é muito bom, gosta muito de você, meu

Carlinhos; e também você, fique sabendo, deve gostar bastante, bastante dele; e obedecer-lhe, sabe? sempre; e deixá-lo sempre satisfeito com você. Compreendeu, meu filhinho?

E elogio os magníficos presentes que o maestro, para agradar a Eufêmia, lhe traz. O pobre menino segue meus conselhos e já o venera. Outro dia, por exemplo, Florestano levou-o consigo a passear e, ao voltar, contou-me a rir que, enquanto caminhavam juntos, ao atravessar a praça cheia de sol, a um certo ponto Carlinhos emitiu um grito, parou e perguntou-lhe, todo aflito:

— Eu o machuquei, titio Florestano?

— Não, Carlinhos, por quê?

E o meu menino, ingenuamente:

— Eu pisei em sua sombra, titio Florestano!

Ora, vamos, assim também não, meu caro, meu pobre Carlinhos! Você foi mesmo um tolinho. A sombra, saiba você, pode ser pisada: titio Florestano e sua mãezinha pisarão um dia a sombra de seu papai, certos que não lhe farão mal algum, porque, em vida, sempre tiveram cuidado em não pisar sequer em seu pé.

Que competição de delicadeza entre nós três! E que gracioso martírio, entretanto. Como pobre enfermo que sou, por mim deixaria tudo correr de qualquer jeito; ao invés, vejo-me obrigado a agüentar firme, a fim de pesar o menos possível aos demais, pois do contrário passariam a prestar-me mais cuidados ainda, e tantas outras atenções que me causam náusea, por vezes, e até horror. Talvez eu esteja errado. Mas este espetáculo da nossa requintada civilidade, das nossas contínuas cerimônias, junto ao limiar da morte, parece-me uma revoltante palhaçada. De luvas amarelas, e infinitas cortesias, vejo-me suavemente empurrado por eles até este umbral; e agora me parece que ambos se curvam e me dizem, com um gracioso sorriso nos lábios:

— Passe bem! E boa viagem! E fique certo de que nós nos recordaremos sempre do senhor, tão bonzinho, tão prudente e compreensivo!

Ensinaram-me que devemos ser sinceros. Sinceros? Mas a sinceridade, para mim, a este ponto, poderia significar, sem mais nada: *matar*. Deus me livre! Quem me impede?

Falemos um pouco seriamente. Se eu não tivesse fé, se eu não acreditasse em Deus, se acreditasse que a morte é o limite da alma em qualquer porvir, e que, ao faltar-me a terra sob os pés, o vácuo e nada mais me acolheria, acreditam vocês que eu não mataria Florestano?

Quando penso, certas noites, durante a insônia, que ele se deitará em minha cama, no meu lugar, com todos os meus direitos sobre minha mulher e minhas coisas; quando penso que, na caminha do quarto contíguo, meu filhinho, meu orfãozinho, em algumas noites ficará chorando e chamando sua mãezinha, e que quando minha mulher desejar ir ver o que se passa com o menino que chora, *ele* talvez dirá: — "*Mas não, querida, deixe-o chorar, não desça da cama; poderá resfriar-se!"* — eu seria capaz de matar Florestano!

Ao invés, todas as noites, sentado junto à janela fico quieto, quieto, a contemplar o céu por longo tempo. Há uma estrelinha pequena, pequena, lá em cima, na qual conservo fixo o olhar e à qual digo, sempre, suspirando:

— Espere-me, irei logo!

E à Eufêmia, que é filha de um livre-pensador e faz ostentação de não crer em Deus, repito, com freqüência:

— Tola, creia-me: Deus existe. E dê-lhe graças, ouviu? Dê-lhe graças.

Eufêmia olha para mim, como se parecesse estranho que eu, Lucas Leúci, possa falar-lhe assim, eu que — na sua opinião — não devia ter realmente obrigação alguma de crer, porque Deus me trata mal, fazendo-me morrer tão depressa. Mas ela lhe dará graças, quando tiver entre as mãos estas poucas folhas de papel, se ama de coração o seu Florestano.

Já me convenci bem de que a melhor coisa para mim é tratar de morrer depressa, aqui. Percebo, certas vezes, com que olhos e com que suspiros Florestano procura explicar a minha mulher os desejos que o atormentam, pobre homem! Imagino, então, minha mulher, com a bela cabeça loura reclinada graciosamente no amplo peito dele estendendo para cima dois dedos, querendo acariciar bem de leve os longos pêlos avermelhados de seus magníficos bigodes... Oh, voluptuosidade! Tenha paciência também você, minha cara Eufêmia! E certas palavrinhas, à noite, como as que me dizia, abraçada a mim, irá dizer dentro em breve a ele também, quase sem saber que as está dizendo:

— Tesouro meu... Ah, querido... sim, sim... Querido, querido...

Sinto vontade de rir. Ambos então, admirados, perguntam-me por que eu ria: conto-lhes uma piada, e Florestano observa:

— Você *pode ser velho*, caro Leúci, mas sempre assim brincalhão!

Mas, geralmente, também não consigo ser assim *brincalhão* — como diz meu amigo. A argúcia, sem querer, torna-me mordaz, e então Florestano, comigo na carruagem, padece ao ouvir-me conversar. Eu lhe digo:

— Se não fosse um mau lugar, eu lhe pediria, caro Florestano, que se pusesse por um momentinho só em meu lugar. Garanto-lhe que lhe causaria o mesmo curioso efeito que me causa, poder ver a vida assim, como continuará para os outros, na certeza de que, dentro em pouco, ela terminará para você; e o poder pensar aquilo que os outros farão razoavelmente, quando você não mais existir.

Falo claro, mas Florestano finge não compreender. E eu continuo:

— Caro Florestano meu, sei, por exemplo, a coroa de porcelana que você irá depositar em meu túmulo, quando ali jazer.

Florestano interrompe-me, e então eu me calo, e, magro e fanado como estou, ponho-me a olhar do cantinho da carruagem, que vai a passo pelas altas alamedas do Gianícolo, aquela doçura do sol ao crepúsculo; a vida, como a saborearão os outros, mesmo amarga, que importa? Este gordo e sanguíneo homem que está a meu lado e que suspira: e também, já sem mim, meu menino, que algum dia, bem depressa, não saberá mais como eu era, como era!...

— Papai...

E Florestano, virando-o, lhe responderá de mau modo:

— Que quer você?

O marido de sua mãe, Carlinhos, que não é seu verdadeiro pai. Já pensou nisso?

Mas, apesar de tudo, Carlinhos, a vida é bela... tão cheia...

Casaca apertada

Habitualmente, o professor Gori tinha muita paciência com a velha empregada, que o servia fazia mais de vinte anos. Aquele dia, porém, pela primeira vez na sua vida, devia envergar uma casaca, e estava fora da graça de Deus.

Apenas o pensamento de que uma coisa de tão pouca importância pudesse pôr em alvoroço uma alma pacata como a dele, alheio a todas as frivolidades e oprimido por tantos e tão graves trabalhos intelectuais, bastava para irritá-lo. E a irritação aumentava-lhe, considerando que, com este seu gênio, pudesse prestar-se a vestir aquela peça de indumentária prescrita por uma tola etiqueta de certas representações de gala com que a vida se ilude em oferecer a si própria uma festa ou um divertimento.

Além disso, santo Deus, com aquele corpanzil de hipopótamo, de animal antediluviano...

E o professor bufava e fulminava com os olhos a criada que, pequena e redonda qual uma bola, embevecia-se toda ao ver seu gordo amo naquele insólito traje de parada, sem desconfiar, a desventurada, que mortificação estariam recebendo em redor todos aqueles velhos e honestos móveis vulgares e os pobres livros, no quartinho quase escuro e em desordem.

Aquela casaca, está claro, não era do professor Gori. Ele a alugara. O caixeiro da loja vizinha levara-lhe para casa um monte delas, para a escolha; e agora, com o ar de um requintadíssimo *arbiter elegantiarum*, conservando os olhos semicerrados e nos lábios um sorrisinho de aprazível superioridade, examinava-o, fazia-o virar-se de cá para lá — *Pardon! Pardon!* — e depois concluía, sacudindo o topete:

— Não vai!

O professor bufava novamente e enxugava o suor.

Já havia experimentado oito, nove, nem sabia mais quantas. Cada qual mais estreita que a outra. E aquele colarinho, em que se sentia enforcado! e aquele peitilho engomado, que lhe saltava fora, todo amarrotado, do colete! e aquela gravatinha branca, engomada e pendente, à qual devia ainda fazer o laço, e nem sabia como!

* * *

Afinal, o caixeiro teve a satisfação de dizer-lhe:

— Pronto, esta sim. Não poderíamos encontrar melhor, pode crer, meu senhor.

O professor Gori voltou logo a fulminar com um olhar a criada, a fim de impedir que repetisse: — *Perfeita! Perfeita!* —; depois olhou para a casaca, em consideração à qual, sem dúvida, aquele caixeiro o tratava por senhor; a seguir, dirigiu-se ao moço:

— Não trouxe mais nenhuma consigo?

— Eu trouxe doze para cá, senhor!

— E esta seria a décima segunda?

— A décima segunda, para servi-lo.

— Então, está muito bem!

Era mais apertada que as outras. Aquele rapaz, meio ressentido, concordou:

— Estreitinha está, mas pode ir. Se quiser ter a bondade de olhar-se ao espelho...

— Muito obrigado! — explodiu o professor. — Basta o espetáculo que estou oferecendo ao senhor e à minha senhora criada.

O outro, então, cheio de dignidade, curvou apenas a cabeça e saiu levando consigo as outras onze casacas.

— Mas será possível? — prorrompeu, num gemido raivoso, o professor, tentando erguer os braços.

Foi examinar um perfumado cartão de convite, que estava sobre a cômoda, e bufou de novo. O encontro era para as dez, em casa da noiva, na rua Milão. Vinte minutos de trajeto! E já eram as sete e um quarto.

A velha serva, que acompanhara até à porta o caixeiro, voltou para o quarto.

— Cale a boca! — ordenou-lhe logo o professor. — Experimente, se lhe for possível, acabar de enforcar-me com esta gravata.

— Devagar, devagar... o colarinho... — recomendou-lhe a velha criada. E, depois de haver limpado bem as mãos trêmulas, com o lenço, foi tentar a tarefa.

Reinou silêncio no recinto, durante cinco minutos: e o professor e todo o aposento em redor pareciam na expectativa, como que à espera do Juízo Universal.

— Feito?

— Eh... — suspirou a velha.

O professor Gori saltou de pé, berrando:

— Deixe! Eu mesmo experimentarei! Não agüento mais!

Mas, assim que se apresentou diante do espelho, desandou em tantos impropérios que aquela coitadinha se apavorou. Fez uma reverência, antes de tudo, muito desajeitado; mas, ao abaixar-se, vendo as duas abas abrirem-se e fecharem-se depressa; virou-se como um gato que está sentindo alguma coisa amarrada ao rabo; e, ao voltar-se, *trac!* a casaca se abriu debaixo de uma axila.

Tornou-se furibundo.

— Descosida! descosida apenas! — tranqüilizou-o logo, acudindo, a velha serva. — Tire-a, que a costuro de novo!

— Mas se não me resta mais tempo! — gritou exasperado o professor. — Irei assim mesmo, por desaforo! Assim... Quer dizer que não darei a mão a ninguém. Deixe-me ir.

Amarrou furiosamente a gravata; ocultou sob o capote a vergonha daquele traje; e marcha!

Apesar de tudo, devia dar-se por satisfeito, que diabos! Realizava-se, naquela manhã, o casamento de uma sua ex-aluna, a quem muito queria: Cesara Reis, a qual, graças a ele, com aquele casamento, obtinha o prêmio de tantos sacrifícios durante os intermináveis anos de estudo.

O professor Gori, pelo caminho, ia pensando na estranha coincidência devido à qual aquele matrimônio se celebrava. Sim, mas como se chamava mesmo o noivo, aquele rico senhor viúvo que, certo dia, se apresentara ao Instituto do Magistério para que lhe indicasse uma preceptora para as filhas?

— Grimi? Griti? Não, Mitri! Ah, eis, sim: Mitri, Mitri!

Assim surgira aquele casamento. A Reis, pobre menina, ficara órfã aos quinze anos, e providenciara heroicamente o seu sustento e o de sua velha mãe trabalhando um pouco como costureira e um pouco dando lições particulares, e conseguira obter o diploma de professora. Ele, admirado com tamanha constância, tanta força de ânimo, rezando, brigando, pudera arranjar-lhe uma vaga em Roma, nas escolas complementares. Pedido daquele senhor Griti...

— Griti, Griti, eis! Chama-se Griti. Que Mitri! — dissera-lhe a Reis. Dias depois, vira-o retornar, aflito, embaraçado. Cesara Reis não quisera aceitar o lugar de preceptora, devido à sua idade, ao seu estado, e à velha mãe, que não podia deixar sozinha e, acima de tudo, para evitar maledicências. E quem sabe com que tom de voz, com que expressão lhe dissera todas essas coisas, a brejeira!

Bela menina, a Reis: e daquela beleza que agradava bastante: de uma beleza a quem as *diuturnas mágoas* (não por nada Gori era professor de italiano; diziam mesmo assim: *as diuturnas mágoas*) de uma beleza à qual as diuturnas mágoas haviam conferido a graça de uma suavíssima melancolia, uma apreciável e doce nobreza.

Certamente, aquele senhor Grimi...

— Sinto um grande receio que se chama mesmo Grimi, agora que penso bem!

Certamente, aquele senhor Grimi, desde que a vira, enamorara-se perdidamente. São coisas que acontecem, parece. E três ou quatro vezes, embora sem esperança alguma, voltara a insistir, mas em vão; finalmente, rogara a ele, professor Gori, e até suplicara para que ele interviesse, a fim de que a senhorita Reis, tão bela, tão modesta, tão virtuosa, se tornasse não a preceptora, mas a segunda mãe de suas filhinhas. E por que não? Ele interviera, felicíssimo, e a Reis aceitara; e agora o casamento se celebrava, apesar dos parentes do senhor... Grimi ou Griti ou Mitri, que a isso se haviam oposto acirradamente:

— E que o diabo os carregue a todos eles juntos! — concluiu, bufando ainda uma vez, o gordo professor.

Convinha, entretanto, levar à noiva um ramalhete de flores. Ela muito lhe suplicara para que servisse de testemunha; mas o professor observara-lhe que, na qualidade de testemunha, deveria depois fazer-lhe um presente digno da respeitável condição do noivo e ele não estava em condições: em sã consciência, não podia mesmo. Bastava o sacrifício da casaca. Mas um ramalhete, no entanto, isso sim. E o professor Gori, muito titubeante e embaraçadíssimo, entrou numa loja de flores, onde lhe puseram, reunidos, um enorme feixe de verdura com pouquíssimas flores e bastante despesa.

Ao chegar à rua Milão, viu, lá no fundo, diante do portão onde morava a Reis, uma multidão de curiosos. Supôs que fosse tarde; que já no pátio estivessem os carros para o cortejo nupcial, e que toda aquela gente ali estivesse para assistir ao desfile. Apressou o passo. Mas por que todos aqueles curiosos o olhavam daquele modo? A casaca estava oculta pelo capote. Talvez... as abas? Olhou para trás de si. Não: não se viam. E então? Que acontecera? Por que o portão estava semicerrado?

O porteiro, com ar compungido, perguntou-lhe:

— O senhor veio para o casamento?

— Sim, senhor. Convidado.

— Mas... sabe, o casamento não se realiza mais.

— Como?

— A pobre senhora... a mãe...

— Morta? — exclamou Gori, estupefato, olhando para o portão.

— Esta noite, repentinamente.

O professor ficou ali, feito um cepo.

— Mas como é possível! A mãe? A senhora Reis?

E vagou o olhar em torno dos presentes, como que para ler-lhes nos olhos a confirmação da incrível notícia. O ramalhete de flores caiu-lhe das mãos. Curvou-se para apanhá-lo, mas sentiu o descosimento da casaca alargar-se sob a axila, e ficou a meio do ato. Oh, Deus! a casaca... sim. A casaca para o casamento, castigada assim, agora, diante da morte. Que fazer? Ir para cima, paramentado daquele modo? Voltar para casa? — apanhou as flores; depois, aturdido, entregou-as ao porteiro.

— Faça-me o favor, fique com isto.

E entrou. Experimentou subir os degraus aos pulos; conseguiu apenas no primeiro lance. No último andar — maldito barrigão! — não tinha mais fôlego.

* * *

Introduzido na saleta, surpreendeu naqueles que ali estavam reunidos um certo embaraço, uma confusão logo reprimida, como se alguém, à sua entrada, tivesse fugido dali; ou como se, de súbito, se houvesse truncado uma íntima e animadíssima conversa.

Já embaraçado por sua conta, o professor Gori parou pouco além do limiar; olhou em torno de si perplexo; sentiu-se perdido, quase no centro de um campo inimigo. Eram todos Grão-senhores, aqueles: parentes e amigos do noivo. Aquela velha talvez fosse a mãe, aquelas outras duas, que pareciam solteironas, deviam ser irmãs ou primas... Fez uma reverência, meio desajeitado. (Oh, Deus, outra vez a casaca!) E, curvo, como que puxado por trás, dirigiu outro olhar em redor, como que para certificar-se de que alguém notara o ruído daquela maldita descosedura sob a axila. Ninguém respondeu à sua saudação, como se o luto, a gravidade do momento, não lhes permitissem um leve movimento de cabeça sequer. Alguns (certamente íntimos da família) estavam consternados em redor de um cavalheiro, no qual o Gori, olhando bem, pareceu-lhe reconhecer o noivo. Emitiu um suspiro de alívio e se lhe aproximou, atencioso.

— Senhor Grimi...

— Migri, por favor.

— Ah, sim, Migri... faz uma hora que penso nisso, creia! Dizia Grimi, Mitri, Griti... e não me ocorreu Migri! Desculpe-me... Eu sou o professor Fábio Gori, deve recordar-se... embora neste momento não me veja de...

— Prazer, mas... — disse o outro, observando-o com fria altivez; depois, recordando-se: — Ah, Gori! O senhor seria aquele... sim, digo, o autor, falemos assim, indireto do casamento! Meu irmão contou-me tudo...

— Como, como? Desculpe, o senhor seria o irmão?

— Carlos Migri, para servi-lo.

— Muito prazer, obrigado. Parecidíssimo, diabos! Desculpe-me, senhor... Gri... Migri, sim, mas... este raio em céu sereno... Sim! Eu, infelizmente... isto é, infelizmente, não: não tenho com que me atribuir a culpa... mas sim, indiretamente, por coincidência, digamos, contribuí...

Migri interrompeu-o com um gesto da mão, e levantou-se.

— Permita que o apresente a minha mãe.

— Honradíssimo!

Foi levado à presença da velha senhora, que atulhava, com sua enorme obesidade, meio divã, trajada de negro, com uma espécie de touca, também negra, sobre os cabelos lanosos, que lhe rodeavam o rosto chato, amarelento, quase de pergaminho.

— Mamãe, o professor Gori. Sabe? aquele que arrumou o casamento de André.

A velha senhora soergueu as pálpebras pesadas e sonolentas, mostrando, um mais e outro menos aberto, os olhos turvos, enevoados, quase sem olhar.

— Na verdade — emendou o professor, curvando-se desta vez com trepidante cuidado, pensando na casaca descosida —, na verdade, eis... arrumou, não: não... não seria o termo... Eu simplesmente...

— Queria dar uma preceptora às minhas netinhas — completou a frase a velha senhora, com voz cavernosa. — Muito bem! Assim, na verdade, teria sido acertado.

— Bem... sim... — gaguejou o professor Gori. — Conhecendo os méritos, a modéstia da senhorita Reis...

— Ah, ótima menina, ninguém o nega! — reconheceu logo, reabaixando as pálpebras, a velha senhora. — E nós, creia, estamos hoje sentidíssimos...

— Que fatalidade! Assim! De repente! — exclamou Gori.

— Como se não houvesse nisso realmente a vontade de Deus — concluiu a velha senhora.

Gori olhou-a.

— Fatalidade cruel...

Depois, olhando em volta da saleta, perguntou:

— E o senhor André?

Respondeu-lhe o irmão, simulando indiferença:

— Mas... não sei, estava aqui, ainda há pouco. Deve ter ido, talvez, preparar-se.

— Ah! — exclamou então Gori, alegrando-se de improviso. — As bodas serão realizadas assim mesmo?

— Não! Que está dizendo! — explodiu a velha senhora, espantada, ofendida. — Oh, senhor Deus! Com a morta em casa? Oooh!

— Oooh! — ecoaram, miando, as duas solteironas, com horror.

— Preparava-se para partir — explicou Migri. — Devia partir hoje mesmo, com a noiva, para Turim. Temos as nossas fábricas de papel, lá em cima, em Valsangon; e lá precisam muito dele.

— E... e partirá... assim? — perguntou Gori.

— Forçosamente. Se não hoje, amanhã. Nós já o convencemos, coitadinho! Ou melhor, empurramo-lo. Aqui, deve compreender, não é mais prudente, nem conveniente, que continue.

— Para a moça... sozinha, agora... — acrescentou a mãe, com sua voz cavernosa. — As más-línguas...

— Eh, sim... — recomeçou o irmão. — E depois, os negócios... Era um casamento...

— Precipitado! — prorrompeu uma das solteironas.

— Digamos, improvisado — procurou atenuar Migri. — Agora, esta grave desventura sobrevém fatalmente, como... sim, para dar tempo, eis tudo. Um adiamento se impõe... devido ao luto e... E, assim, se poderá pensar, refletir, de parte a parte.

O professor Gori permaneceu mudo por alguns instantes. O irritante embaraço que lhe causava aquela conversa, assim toda suspensa em reticências prudentes, era aquele mesmo que lhe ocasionava sua casaca estreita e descosida sob a axila. Tal como foram pronunciadas tais palavras lhe pareceram descosidas do mesmo modo e dignas da mesma atenção tal como o secreto descosimento. Forçando um pouco a conversa, não a conservando assim composta e suspensa, com todos os cuidados, havia perigo de que, tal como a manga da casaca, se abrisse, e assim também se teria aberto e posto a nu a hipocrisia de todos aqueles cavalheiros.

Sentiu por momentos a necessidade de abstrair-se daquela opressão e também do fastídio que, no aturdimento em que mergulhara, lhe dava o lacinho branco que ornava a gola do casaco negro da velha senhora. Cada vez que via um bordado branco como aquele, se apresentava em sua memória, quem sabe lá por quê, a imagem de um tal Pedro Cardella, merceeiro de seu povoado distante, atormentado por um quisto enorme na nuca. Sentiu desejos de bufar; conteve-se a tempo, e suspirou, feito um estúpido:

— Eh, sim... Pobre menina...

Respondeu-lhe um coro de comiserações pela noiva. O professor Gori sentiu-se de repente como que chicoteado, e perguntou, irritadíssimo:

— Onde está? Poderia vê-la?

Migri indicou-lhe uma porta ao fundo da saleta:

— Para lá, tenha a bondade...

E o professor Gori seguiu para lá, furiosamente.

* * *

Sobre a caminha branca, rigidamente estendido, o cadáver da mãe, com uma enorme touca de pontas engomadas, na cabeça.

A princípio, o professor Gori, ao entrar, não viu mais nada. Invadido por aquela irritação sempre crescente, da qual, no aturdimento e no embaraço, não conseguia avaliar a enormidade, com a cabeça que já lhe fervia, ao invés de comover-se, sentiu-se irritar, como diante de um fato realmente absurdo: estúpida e cruel ironia da sorte que, por Deus, não se deveria de maneira alguma deixar passar!

Toda aquela rigidez da morta lhe pareceu preparada, como se aquela pobre velhinha se houvesse estendido ali na cama, por si, com aquela enorme touca engomada, a fim de tomar para si, à traição, a festa preparada para a filha, e quase veio ao professor Gori a tentação de gritar-lhe:

— Ora, vamos, levante-se, minha cara velha senhora! Este não é o momento de fazer brincadeiras dessa natureza!

Cesara Reis estava no chão, caída de joelhos; e toda encolhida, agora, junto à caminha em que jazia o cadáver da mãe, não mais chorava, como que suspensa num atordoamento grave e vão. E entre os cabelos negros, despenteados, tinha algumas mechas ainda retorcidas, durante a noite anterior, em pedacinhos de papel, para torná-los crespos.

Pois bem, ao invés de compaixão, sentiu, também, por ela, quase raiva, o professor Gori.

Surgiu-lhe o prepotente desejo de levantá-la do chão, de sacudi-la daquele atordoamento. Não devia entregar-se ao destino, que favorecia tão iniquamente a hipocrisia de todos aqueles cavalheiros reunidos no outro aposento! Não, não: estava tudo preparado, tudo pronto; aqueles senhores tinham vindo de casaca, como ele, para as núpcias: pois bem, bastaria um ato de vontade de alguém; obrigar aquela pobre menina, caída ali no chão, a levantar-se; conduzi-la, arrastá-la, assim mesmo atordoada, para terminar aquelas bodas e salvá-la da ruína.

Mas custava surgir nele aquele ato de vontade, que com tanta evidência teria sido contrário aos desejos de todos aqueles parentes. Como Cesara, sem mover a cabeça, sem bater cílios, apcnas lcvantou a mão para apontar a mãe ali estendida, dizendo-lhe: — "Está vendo, professor?" — o professor teve um ímpeto, e:

— Sim, querida, sim! — respondeu-lhe, com excitação quase irada, que espantou sua antiga aluna. — Mas você, levante-se! Não me faça abaixar, porque não posso abaixar-me! Levante-se por si! Logo, vamos! Vamos, vamos, faça-me o favor!

Sem querer, forçada por aquela excitação, a moça reagiu de seu abatimento e olhou, quase espantada, para o professor:

— Por quê? — perguntou-lhe.

— Porque, minha filha... mas levante-se, antes! Digo-lhe que não me posso curvar, santo Deus! — respondeu-lhe Gori.

Cesara levantou-se. Revendo, porém, na caminha, o cadáver da mãe, cobriu o rosto com as mãos e desandou em violentos soluços. Não esperava sentir-se agarrada pelos braços e ser sacudida e repreendida pelo professor, mais do que exaltado:

— Não! não! não! Não chore agora! Tenha paciência, minha filha! Ouça o que lhe digo eu!

Voltou a mirá-lo, quase aterrorizada desta vez, com o pranto represado nos olhos, e disse:

— Mas como quer que não chore?

— Não deve chorar, porque agora não é hora de chorar! — atalhou logo o professor. — Você ficou sozinha, minha filha, e deve ajudar-se por si! Não compreendeu ainda que deve ajudar-se por si? Agora, sim, agora! Agarre toda a sua coragem com ambas as mãos; trinque os dentes e faça tudo quanto lhe disser!

— Fazer o quê, professor?

— Nada. Tire, antes de mais nada, todos esses papelotes dos cabelos.

— Oh, Deus! — gemeu a moça, lembrando-se e levando logo as mãos aos cabelos.

— Bravo, assim! — aplaudiu o professor. — Depois, passe para lá e vá vestir seu traje de escola; ponha o chapeuzinho, e venha comigo!

— Aonde? Que está me dizendo?

— Para o cartório de paz, minha filha!

— Professor, o quê?

— Digo ao cartório, ao registro civil, e depois para a igreja! Porque este casamento tem de ser feito, e será feito agora mesmo: ou você estará arruinada! Veja como me fantasiei por sua causa! De casaca! E uma das testemunhas serei eu, como você queria! Deixe aqui sua pobre mãe; não pense mais nela por alguns instantes, e que não lhe pareça isso um sacrilégio! Ela mesma, sua mãe, é quem quer assim! Ouça bem o que lhe digo: vá vestir-se! Eu preparo tudo, do outro lado, para a cerimônia: agora mesmo!

— Não... não... como poderia eu! — gritou Cesara, dobrando-se sobre a cama da mãe e afundando a cabeça entre os braços, desesperadamente. — Impossível, professor! Para mim, tudo acabou, eu sei! Ele irá embora, nunca mais voltará, me abandonará!... Mas eu não posso... não posso...

Gori, porém, não cedeu; abaixou-se para soerguê-la, para arrancá-la daquele leito; mas, assim que estendeu os braços bateu o pé furiosamente, gritando:

— Não me importa nada! Servirei de testemunha até com uma única manga, mas este casamento se realizará hoje mesmo! Você compreende... — olhe-me bem nos olhos! — compreende, não? que, se deixar fugir este momento, estará perdida? Como vai ficar, assim, sem seu emprego, sem mais ninguém? Quer culpar sua mãe dessa ruína? Essa pobre mulher não suspirou tanto para que se realizasse este casamento? E quer agora, por sua causa, que tudo vá por água abaixo? Que faz você de mal? Coragem, Cesara! Aqui estou eu: deixe para mim a responsabilidade do que fizer! Vá, vá vestir-se, minha filha, não perca mais tempo...

E, assim dizendo, conduziu a moça até à porta de seu quartinho, amparando-a pelos ombros. Atravessou de novo a câmara ardente, fechou-lhe a porta e reentrou na saleta, com ares de guerreiro.

* * *

— Ainda não chegou o noivo?

Os parentes, os convidados viraram-se para olhá-lo, surpreendidos pelo tom imperioso da voz; e o Migri perguntou, com simulada atenção:

— Sente-se mal, a senhorita?

— Sente-se muito bem! — respondeu-lhe o professor, fitando-o com certos olhos. — Sinto até o prazer de comunicar-lhes que tive a sorte de convencê-la a dominar-se por um momento e abafar em si a dor. Aqui estamos todos; tudo está preparado; bastará — deixem-me falar! —, bastará que um dos senhores... o senhor, por exemplo, que é tão gentil — (acrescentou, dirigindo-se a um dos convidados) —, me fará o prazer de correr, com um carro, até ao cartório e prevenir o oficial do registro civil, que...

Um coro de fortes protestos interrompeu neste ponto o professor. Escândalo, estupor, horror, indignação!

— Deixem-me explicar! — berrou o professor Gori, que dominava a todos com sua personalidade. — Por que este casamento não se realizará? Por causa do luto da noiva, não é verdade? Ora, se a própria noiva...

— Mas eu não o permitirei jamais! — gritou, mais alto do que ele, truncando-lhe a palavra, a velha senhora. — Jamais permitirei que meu filho...

— Cumpra seu dever e pratique uma boa ação! — retrucou prontamente Gori, completando ele mesmo a frase, desta feita.

— Mas o senhor não se meta nisso! — correu a dizer-lhe, pálido e vibrante de cólera, Migri, em defesa de sua mãe.

— Perdão! Eu me meto nisto — redargüiu logo Gori. — porque sei que o senhor é um cavalheiro, caro senhor Grimi...

— Migri, por favor!

— Migri, Migri, e compreenderá que não é lícito nem honesto furtar-se às extremas exigências de uma situação como esta. Precisamos ser fortes na desgraça que atinge essa pobre criatura, e salvá-la! Pode ela ficar assim, sozinha, sem amparo e sem qualquer posição, agora? Diga-me o senhor! Não, este casamento se realizará, não obstante a desgraça, e não obstante... tenham paciência!

Interrompeu-se, enfurecido e resfolegante: enfiou a mão por baixo da manga do capote; agarrou a manga da casaca e, com um violento puxão, arrancou-a para fora e atirou-a ao alto. Riram todos, instintivamente, ante aquele inesperado foguete de nova espécie, enquanto o professor, num enorme suspiro de libertação, prosseguia:

— E não obstante esta maldita manga que me atormentou até agora!

— O senhor está gracejando! — recomeçou, recompondo-se, Migri.

— Não, senhor: ela se descoseu.

— Está brincando! Mas isto é uma violência!

— É aquilo que aconselha a emergência.

— Ou o interesse! Digo-lhe que não é possível, nesta situação...

Sobreveio, por sorte, o noivo.

— Não! Não! André, não! — gritaram-lhe logo várias vozes, de todos os lados.

Mas Gori sobrepujou-as, dirigindo-se a Migri:

— Resolva o senhor! Deixem-me falar! Trata-se disto: eu convenci, lá dentro, a senhorita Reis a ter coragem: a dominar-se, considerando a gravidade da situação em que, meu caro senhor, a colocou e a deixaria. Desde que o senhor esteja de acordo, senhor Migri, poder-se-ia, sem qualquer aparato, quietos, num carro fechado, correr ao cartório, celebrar logo o matrimônio... O senhor não irá, espero, recusar! Mas diga, diga o senhor...

André Migri, apanhado assim de surpresa, olhou primeiro para o professor, depois para os outros, e, afinal, respondeu, hesitante:

— Mas... por mim, se Cesara quer...

— Quer! Quer! — berrou Gori, dominando, com seu vozeirão, as desaprovações dos demais. — Eis, finalmente, uma palavra que sai do coração! O senhor, então, venha, corra ao cartório, gentilíssimo senhor!

Tomou pelo braço aquele convidado, ao qual se dirigira à primeira vez; acompanhou-o até à porta. No *hall* de entrada viu uma grande quantidade de magníficas cestas de flores, chegadas como presente de casamento, e chegou até à porta da saleta, para chamar o noivo e livrá-lo dos parentes enfurecidos, que já o rodeavam.

— Senhor Migri, senhor Migri, uma prece! Veja...

O outro acudiu.

— Interpretemos o sentimento daquela coitadinha. Todas estas flores para a morta... Ajude-me!

Apanhou duas cestas, e reentrou assim na saleta: sustentando-as triunfalmente, rumo à câmara ardente. O noivo acompanhava-o, com outras duas. Aquilo foi uma súbita conversão da festa. Mais de um correu para a saleta, a fim de ir buscar outras cestas e levá-las em procissão.

— As flores para a morta! Muito bem, as flores para a morta!

Pouco depois, Cesara entrou na saleta, palidíssima, com seu modesto traje negro de escola, os cabelos mal e mal ajeitados, tremendo pelo esforço que fazia sobre si mesma para conter-se. Imediatamente, o noivo foi-lhe ao encontro, recebeu-a entre os braços, piedosamente. Todos estavam mudos. O professor Gori, com olhos brilhantes de lágrimas, pediu a três daqueles senhores que com ele seguissem os noivos, a fim de servirem de testemunhas, e saíram, em silêncio.

A mãe, o irmão, as solteironas, os convidados permaneceram na saleta, onde logo recomeçaram a dar vazas à sua indignação refreada por momentos, ao surgir Cesara. Felizmente que a pobre velha mãe estava lá, rodeada de flores e não mais podia ouvir aquela brava gente, que se dizia realmente revoltada por tanta irreverência por sua morte.

Mas o professor Gori, durante o trajeto, pensando naquilo que, certamente, se dizia dele naquela saleta, ficou como que aturdido, e chegou ao cartório parecendo embriagado: tanto que, não mais pensando na manga da casaca, que arrancara, tirou também, como os outros, o capote.

— Professor!

— Ah, sim! Diabos! — exclamou, e vestiu-o de novo, furiosamente.

Até Cesara sorriu. Mas Gori, que de qualquer maneira já se reconfortara, dizendo a si mesmo que, afinal de contas, não mais voltaria para o meio daquela gente, não pôde rir; deveria retornar, forçosamente, agora, por causa daquela manga, que era preciso restituir, junto com a casaca, ao negociante que lha alugara. A assinatura? Que assinatura? Ah, sim, devia apor sua assinatura, como testemunha. Mas onde?

Desembaraçada às pressas a outra cerimônia, na igreja, os noivos e as quatro testemunhas voltaram para casa.

Foram recebidos com o mesmo silêncio glacial.

O professor Gori, procurando tornar-se o menor possível, vagou o olhar pela saleta e, dirigindo-se a um dos convidados, com o dedo em riste nos lábios, rogou:

— Devagar, devagar... Poderiam dizer, por favor, onde foi parar aquela tal manga da minha casaca, que atirei para o ar agora há pouco?

E, ao embrulhá-la, pouco depois, numa folha de jornal, ao sair dali de mansinho, passou a pensar que, tudo somado, ele devia somente à manga daquela casaca apertada a bela vitória conseguida naquele dia sobre o destino, porque, se aquela casaca, com a manga descosida sob a axila, não lhe houvesse provocado tamanha irritação, ele, na habitual amplitude de seu cômodo e já gasto traje diário, diante da desgraça daquela morte repentina, ter-se-ia entregue, sem mais nada, como um imbecil qualquer, à comoção, a um inerte e inútil lamento sobre a sorte infeliz daquela pobre rapariga. Além da graça de Deus, devido àquela casaca apertada, encontrara, ao invés, na irritação, a coragem e a força para revoltar-se e triunfar.

Como se fossem gêmeas

Uma lamparina acesa, por baixo de um retrato de Pio X, iluminava muito mal o quartinho, onde o marquês Dom Camillo Righi se havia refugiado para não ouvir os gritos da esposa parturiente.

Mas aqueles gritos dilacerantes chegavam até ali, e Dom Camillo era obrigado a tapar fortemente os ouvidos com ambas as mãos, e encolhido, todo contraído em si, como se também viessem de seu ventre aquelas dores, levantava os olhos cheios de espasmo e de abatimento para o retrato de Sua Santidade, o qual, com um sorriso indulgente do amplo rosto pacífico parecia aconselhar-lhe calma e resignação; ao marquesinho, filho de um seu velho guarda nobre, e agora também ele guarda nobre do seu santo sucessor.

Dom Camillo teria talvez seguido aquele mudo e augusto conselho paterno se estivesse com a consciência tranqüila, se um certo remorso não lhe houvesse aumentado a pena pelos espasmos que naquele momento sofria a mulher. Não conseguia, então, esquecer o remorso, com todas aquelas considerações. Em outros tempos, quando não se sentia tão culpado como agora, a divina indignação e o temor de um castigo não só bastavam para desculpar diante de seus olhos a própria culpa, mas quase lha cancelavam de todo.

Sua mulher, de fato, não era mais, àquele ponto, a mulher gélida, carrancuda, desconfiada que, para ser deixada em paz, o habilitara a procurar em outro lugar aquele calor afetuoso que em vão nela procurara; mas uma pobre criatura em perigo, que sofria atrozmente, por causa dele, sem poder encontrar, naquele sofrimento, uma compensação, um conforto no amor e na fidelidade dele.

A piedade não bastaria; e realmente, pouco antes, ela o expulsara do quarto, irritada, não agüentando mais vê-lo ali compungido e aflito à sua frente; e se estreitara com toda a força à mãe, gemendo:

— Ah, mamãe, vou morrer! Quanto sofro, minha mãe, quanto sofro!

E nada poder fazer! Parecera-lhe mesmo bela, naquele instante, assim desfigurada pela horrenda tortura.

* * *

Fazia já vários minutos que os gritos haviam cessado. Naquele silêncio de angustiosa espera, assaltou subitamente ao marquês a esperança de que o parto se houvesse completado finalmente, e saiu correndo, feito louco, do quartinho. Encontrou-se logo, porém, com duas camareiras, que seguiam a toda a pressa para o quarto da gestante.

— Ainda?

Responderam-lhe que sim, com a cabeça, sem se voltar e correram.

Na vasta sala de altíssimo forro, mobiliada por lúgubres móveis antigos, encontrou o médico-parteiro, que havia chegado pouco antes, rodeado por outros parentes da esposa.

— Dores fracas — murmurou o médico. — Isso ainda vai longe. Mas fique sossegado, marquês: nenhum perigo.

Dom Camillo tornava a fechar-se no quartinho, quando um criado se aproximou para comunicar-lhe, bem baixinho, que alguém queria lhe falar.

— Não posso atender ninguém! — respondeu o marquês, de mau humor. — Quem é?

— Um velhinho, não sei. Quer falar com Vossa Excelência, sobre coisa grave e urgente.

Dom Camillo teve um gesto de contrariedade, ao compreender de onde lhe vinha aquele recado.

— Mande-o entrar — disse.

Aquele velhinho entrou com a indecisão de um frango perdido. Oprimido por toda aquela riqueza solene e austera da casa, e não sentindo quase mais os pés sobre os macios tapetes, curvava-se reverente a cada passo.

— Já sei quem o envia — disse-lhe baixinho o marquês. — Vamos, que tem a dizer-me?

— Senhor marquês, Excelência... a senhora Carla...

— Psss... devagar!

— Sim, senhor, pergunta... se pode ir lá um momentinho...

— Agora? Não posso, não posso! Diga-lhe que não posso — respondeu nervosamente o marquês. — Por quê? Que quer ela, afinal?

— As dores, Excelência — respondeu timidamente o velhinho —, as dores chegaram-lhe.

— A ela também? Agora?! Ela também com as dores?

— Sim, senhor, Excelência. Eu mesmo corri a chamar a parteira. Mas Vossa Excelência não se aflija: tudo correrá bem, com a ajuda de Deus!

— Que ajuda de Deus! — explodiu Dom Camillo. — Isto é o diabo! A marquesa, ali...

Interrompeu-se, sacudiu as mãos; piscou os olhos. Ah, então, as duas duma vez, castigo de Deus! A esposa e a amante, ao mesmo tempo, castigo de Deus!

— Mas como?... — experimentou perguntar, reabrindo os olhos.

Viu à sua frente aquele velhinho, embaraçado e mais do que nunca desnorteado, e sentiu instintivamente o desejo de mandá-lo para longe dali.

— Pode ir, pode ir! — ordenou-lhe. — Diga que... assim que eu puder... dentro em pouco... Agora vá, saia logo daqui!

E correu a refugiar-se de novo no quartinho semi-escuro, com a cabeça entre as mãos como se receasse mesmo perdê-la, aquela sua pobre cabeça. As pernas, ali, fraquejaram-lhe: caiu sentado numa poltrona e ali se contorceu, encolheu-se todo, quase que para ocultar-se a si próprio; ira, vergonha, angústia, remorso causaram-lhe tamanho rebuliço no coração que mordeu um braço e balançou tanto a cabeça que acabou rasgando a manga do paletó. Ficou de pé.

— Mas como? — perguntou de novo. — Carla... as dores? Então, ela se enganou? Deus, que ruína, que ruína, que ruína!

Lembrou-se de súbito que o médico lhe dissera que, quanto à mulher, ainda havia tempo; foi ao guarda-roupa próximo, tirou o capote e o chapéu e saiu às fúrias, dizendo ao servo:

— Volto já!

Mal pôs o pé fora da porta, meteu-se numa carruagem, gritando o endereço ao cocheiro:

— São Salvador in Lauro, 13.

* * *

Um quarto de hora depois, estava na velha pracinha solitária. Subiu os degraus aos pulos. A porta, no último andar, estava encostada.

Depois de alguns passos na sala de visita, no escuro, Dom Camillo tropeçou num manequim; com o tropeção, outro manequim atrás daquele caiu-lhe na cabeça; o marquesinho, já com o pé levantado, ficou com o manequim entre as pernas e acabou caindo também. Ao ruído, acudiu uma velha de touca, com um lampiãozinho na mão. Mas Dom Camillo já se levantara, e pregou um pontapé no manequim.

— Malditos trambolhos!

— Senhor marquês, caiu? Machucou-se?

— Não, não foi nada. Carla?

— Eh! já está na hora... Venha, venha para cá...

Do quarto contíguo, trovejou a voz imperiosa de Carla:

— Deixem-me! Quero passear, e passeio!

Dom Camillo, na verdade, encontrou-a de pé, em desalinho, mas majestosa, com os magníficos cabelos fulvos em redor do belo rosto pálido.

— Carla!

— Marquês malandro! Oh, mas que tem, meu filho! Também sua mulher? Eu já soube! Vamos, vamos, coragem, querido: não é nada! Assim lhe parecerá que foi você quem deu à luz duas vezes. Ai, ai..., ai, ai...

Pôs-lhe as mãos nos ombros, apoiou a testa suada na testa dele: aguardou um instante assim.

— Nada! Já passou! Enxugue-me a testa, desculpe, e tire uma dúvida da cabeça. Marquês: encomendou um varão à sua esposa?

— Não compreendo...

— Que ela lhe desse um varão?

— Mas não, não lhe disse nada.

— Ela lhe dará uma menina, pode estar certo! Vá, saia um pouquinho, agora, e não se assuste. Você terá, logo, de mim, o varão: não se iluda! Logo, logo, sim! Vejo que está impaciente.

Dom Camillo sorriu, sem querer, e foi para o quarto vizinho.

Singular nos modos e na linguagem, até naquele momento. Que diferença!

Aborrecido, oprimido, contrariado em tudo e por tudo pela esposa, ele, só ao ver esta mulher, já se sentia reanimado, era outro homem. Que mulher! Sem preconceitos e franca, com a exuberância de uma endemoninhada vitalidade, às vezes até indiscreta, na fúria de praticar o bem, sincera, veemente, afetuosa, transmitira-lhe um fogo, um fervor, de que nunca se teria sentido capaz. E que altivez! Jamais quisera aceitar nada dele, a não ser algum presentinho de pouco valor, como prova de afeição.

— Sou mais rica do que você — costumava dizer-lhe. — Costuro, e como!

Servia, de fato, às mais notáveis famílias aristocráticas e burguesas, e tinha sido, também, a costureira da marquesa Righi; mas vira-se tão maltratada por esta, tão contrariada nos gostos, nas sugestões, que jurara vingar-se, não tanto pelo despeito que sentira, mas por piedade por aquele pobre marquesinho que, com os olhos, sempre lhe demonstrara estar de acordo com ela, de ser uma vítima, ele também, daquela mulher magra, malcriada e intolerável. E já fazia um ano e meio que o marquesinho Righi, amado por Carla, se sentia realmente outro homem.

Um uivo prolongado, quase ferino, sacudiu Dom Camillo destas reflexões. Ficou de pé, num salto. Ouviu a voz da parteira, que dizia do outro lado:

— Pronto! Quietinha! Muito bem!

Pai, então! Ei-lo já pai! Uma estranha ansiedade o invadiu de ver a criaturinha que naquele momento entrava na vida, para ele. Mas duas, duas naquela mesma noite! Meu Deus! Talvez naquele mesmo instante, no seu palácio, estivesse nascendo outra criaturinha, sua também. E ele ainda estava aqui! A ansiedade, a este ponto, tornou-se frenesi. Ainda? ainda?

— Senhor marquês!

Dom Camillo acorreu. Carla, do leito, palidíssima, exausta, sorriu-lhe:

— Menina, sabe? Irá encontrar o varão lá. Vá, dê-me um beijo, e fuja, querido!

Righi curvou-se para beijá-la apaixonadamente; mas, antes de correr para casa, quis ver a menina. Arrependeu-se. Viu um monstrengozinho ainda todo roxo, que inspirava nojo.

— Vai ver, eh, vai ver daqui a algumas horas... — disse-lhe, porém, a parteira. — Mais bela que a mãe!

Pouco depois, ao reentrar em seu palácio, o marquesinho não pôde mais recordar-se daquilo que deixara na pracinha solitária de São Salvador in Lauro.

Sua esposa morrera de parto, fazia meia hora, deixando, mal viva, uma pobre menina.

* * *

Passaram-se mais de três meses antes que o marquês Dom Camillo Righi fosse rever sua amante e a outra sua filhinha.

Encontrou Carla que o esperava, certa de sua volta; trajada de negro. A princípio, ao vê-la, nem percebeu, tanto aquilo lhe parecia natural.

Carla não procurou de maneira alguma confortá-lo; pediu-lhe apenas notícias da menina, que Dom Camillo tinha entregue a uma ama.

— Três amas-de-leite em poucos dias. Se você visse: um esqueletozinho! Não sei mais que fazer. Demonstraram-se todos de coração duro, donos de um coração negro...

— Os parentes dela?

— Imagine! Deixaram-me sozinho! Entretanto, tenho medo de que também esta outra ama não tenha leite suficiente.

Manifestou-lhe o desejo de rever a menina.

— Já a batizou?

— Ainda não. Quis esperar que você resolvesse.

A velha tia foi buscá-la. Como esta era bela, ah! Ao invés de alegrar-se, Dom Camillo começou a chorar, pensando na outra, lá mísera, órfã, infeliz.

Carla cingiu-lhe levemente o pescoço com um braço.

— Ouça, Millo — disse-lhe. — Aquela sua pobre menina, sem mãe... Se você quisesse... Sabe? teria leite para as duas...

E os olhos brilharam, logo, de lágrimas.

Dom Camillo sentiu um calafrio de ternura em todas as fibras; escondeu o rosto com as mãos e, prorrompendo em soluços, deixou cair a cabeça no seu regaço.

* * *

Oh, não, não: ele, na desgraça que o aterrara, em guerra contra todos e até contra si mesmo, não podia mais dispensar aquela mulher, férvida e forte.

Resolveu afastar-se para sempre de Roma. Retirar-se-ia para suas terras de Fabriano. Suplicou Carla para que, por seu amor, aceitasse aquele refúgio; combinou tudo com ela e fê-la partir na frente, com a menina e a velha tia.

Depois de uns vinte dias, tudo arranjado, partiu ele também para o campo, com a pobre menina sem mãe.

Desde o primeiro momento, Carla teve para com ela afeto e carinhos mais que maternos. Tanto que o próprio Dom Camillo sentiu quase remorso pela outra menina, que também era dele, receando que ficasse um pouco abandonada.

— Não, que está dizendo? Millúcia, por enquanto, não precisa muito de mim. Tinina sim, ao invés. Mas, sim, veja, veja como já está bonita!

Ela reflorescera realmente, naqueles poucos dias, a pobre menina, com a primavera que ria e brilhava pelos campos, com todas as janelas da mansão repletas de sol. Mas ainda, posta na cama ao lado da outra, no leito comum, parecia menor.

— Mas você vai ver, daqui a alguns meses parecerão mesmo gêmeas, e não saberemos mais distinguir uma da outra.

Dom Camillo já sabia da indignação que causara em Roma, entre os parentes e amigos, a notícia escandalosa: que ele entregara a menina, para criar, à própria amante. Mas desejaria que fossem todos para lá, a fim de verem aquelas duas meninas, uma junto à outra, e o amor e os cuidados daquela mãe.

— Imbecis!

Um matrimônio ideal

Antes de ir para a Romênia, não sei para que empresa, Poldo Carega, engenheiro construtor, ou — como se qualificava nos cartões de visita — "empreiteiro de obras públicas", pondo as duas mãos peludas em seu peito, costumava dizer:

— Eu sou o continente!

E, passando os braços em redor do pescoço da esposa e da filha:

— E estas as minhas ilhas!

Isto porque a mulher nascera na Sicília e a filha na Sardenha.

Não esperava, ao voltar à Itália, depois de cerca de quatro anos, reencontrar uma das duas ilhas, a Sardenha (isto é, Margarida, sua filha) transformada em... Rússia, mas que Rússia, meus amigos! digamos Europa! mas ainda é pouco! digamos, logo duma vez, o mapa-múndi!

Pobre Poldo Carega, aquilo lhe pareceu uma traição! Ficou, a princípio, atônito, a mirá-la de cima para baixo:

— Oh, Deus, Margarida, que fez você?

Depois, virou-se contra a mulher, como se por culpa desta a filha tivesse crescido tanto: e desandou em tantas inconveniências, que parecia estar prestes a enlouquecer.

A mulher, aflitíssima, gemia:

— Mas se eu lhe escrevi e reescrevi, meu Poldo, tantas vezes! Quase em cada carta lhe escrevia isso!

De fato, sim, ela lhe havia escrito e reescrito aquilo; mas, como Poldo Carega poderia acreditar em tanto assim? De longe, aquele prodigioso crescimento da filha lhe parecera um dos habituais exageros da esposa.

— Exageros, sim! Porque eu, para você, sempre fui uma exagerada!

O conceito que todos, não somente o marido, formavam dela, que fosse o de exagerada. Era um espinho para a senhora Rossana.

Este conceito dependia, a seu ver, da infelicidade comum a toda a sua família, a altura excessiva.

De sua parte, a senhora Rossana sentia um despeito amargo e irritante, porque isso lhe impedia ser, como teria desejado e como sentia ser dentro de si, uma gatinha sentimental. Assim comprida, grácil e lânguida, sofria muito; mas ninguém queria acreditar em seus langores, em seus sofrimentos; e todos, sorrindo, respondiam-lhe:

— Ora, vamos, senhora Rossana, são exageros!

— Pois bem, ei-la aqui; veja bem, agora, o meu exagero!

E a senhora Rossana, indignada, apontava ao marido a filha, que era realmente um exagero.

Margarida, entrementes, chorava, olhando para o pai, e este se aproximara, ou melhor, ficara lá embaixo, para medir em quanto ela o havia ultrapassado.

Pelo menos, um palmo e meio. Mas parecia ser o dobro, porque não era apenas a altura. Esta por si só não teria sido tão desmesurada, se não a houvesse tornado espetaculosa a enorme corpulência, o volume das faces e dois queixos e o seio e as poderosas ancas.

Naquela sufocante exuberância de tanta carne, abriam-se, porém, como que tresmalhados, dois límpidos e claros olhos de menina, que incutiam, ao mesmo tempo, pena e medo. Aquela mesma pena, aquele mesmo medo que deveria talvez experimentar sua alma pelo próprio corpo, tão enormemente crescido. À medida que este fora crescendo, até atingir aquelas monstruosas proporções, sua alma estarrecida devia ter-se tornado, lá dentro, pequena, com certos desejos tímidos e angustiosos de tocar as pequenas coisas gentis e delicadas, mas também não se atrevendo a tocá-las, para não vê-las quase desaparecer ao contato de suas esmagadoras mãos.

Comia qual um passarinho: podia-se quase dizer que nem comia mais. Mas de nada isso adiantava! Fazia mais de dois anos que nem saía de casa, porque todos, pelas ruas, olhavam para trás e paravam espantados a contemplá-la.

Em casa, procurava estar quase sempre sentada, a fim de não dar a si mesma espetáculo de seu volume, achando pequenos e baixos todos os objetos do quarto. Naturalmente, esta falta de movimento lhe tornara ainda mais pesada a gordura; mas agora ela já se resignara à sua desgraça; não queria mais preocupar-se com coisa alguma; em alguns dias, penteava-se, e permanecia deitada, inerte, a ler ou a olhar para as unhas. Assim...

* * *

Poldo Carega, bastante jovial, barulhento, todo vibrante, antes de partir para a Romênia, tornou-se, logo depois de seu regresso, um funeral em pessoa. Fui visitá-lo poucos dias depois, para falar-lhe de negócios; não quis sequer dar-me ouvidos.

— Quer você que eu ainda me incomode com negócios! — exclamou, sacudindo-se todo. — Não me importo mais com nada, meu caro!

Ele trabalhara encarniçadamente, durante tantos e tantos anos, por aquela única filha, para o futuro dela; e de ano em ano seu amor paterno aumentara. Mas eis que a filha, como que por uma tácita aposta, aproveitando-se da longa ausência do pai, de entendimento com a mãe (ninguém conseguia tirar da cabeça de Poldo Carega que a mulher não estivesse metida nisso):

— Ah, dizia — cresce seu amor por mim de ano em ano? Espere, que lhe mostrarei como eu também crescerei, em poucos anos! Tornar-me-ei tão grande, que o seu amor não mais poderá abraçar-me.

E, de fato, haviam-lhe caído os braços, ao revê-la, pobre Poldo Carega! E não só os braços, mas a alma e o fôlego lhe haviam tombado, e todos os sonhos que por ela fizera, todas as suas esperanças!

Digo a verdade, nem tive coragem de confortá-lo. Sabia que ele, quatro anos atrás, antes de seguir para a Romênia, não teria visto com maus olhos, ao regressar, isto é, quando a filha já estivesse com idade, um casamento dela comigo. Mas eu me retirei murcho, com a cauda entre as pernas, assim que tal recordação me sobreveio; e quando me encontrei bem distante, pus-me a refletir, amargamente:

"É justamente uma desgraça sem remédio, pobre Carega! Também, ele devia compreender: um homem da minha estatura, e mesmo um pouco mais alto do que eu, não se atreveria, certamente, a desposar aquela coluna, aquele obelisco! Sejamos justos, parecer pequeno quando não o somos, isso revolta o amor-próprio masculino. Dos baixinhos, nem falemos! Dos altíssimos que nem ela, sim, pode-se encontrar um: mas contam-se nos dedos e, mesmo que se encontrasse um, já sabemos como os homens altos possuem um fraco pelas mulheres pequeninas. Orgulhosos de sua estatura, olham com desdém, quase com rancor, aqueles poucos que podem rivalizar com eles, e descobrem logo, naqueles, certos defeitos que eles, é óbvio dizer, não possuem: as pernas muito compridas, a cabeça demasiado pequena etc. etc. Em suma, não toleram rivais; querem ser os únicos. Imaginem então se iriam desposar uma mulher do seu tamanho. E depois, para quê? para parecerem saídos de um pavilhão de circo?"

Estas reflexões, como as fiz eu então, desde muito sem dúvida devia tê-las feito ela também, Margarida, coitada, para chegar à conclusão de que, entre as supremas regiões a que, por sua infelicidade, ascendera, jamais poderia encontrar um marido. Um choupo, um sicômoro, sim, uma azinheira. Mas qualquer rapaz, ao vê-la, diria logo:

— Desce primeiro, minha bela, desce! desce!

Mas como poderia ela descer, pobre Margarida?

* * *

Não transcorreram nem três meses de seu retorno a Cesena, e Poldo Carega, não sentindo mais coragem de permanecer na cidade em que sua infelicidade se concretizara assim à traição, partiu dali com toda a família, tenebroso como um temporal; e durante mais de dez anos não tive mais notícias suas.

Finalmente, um belo dia, chegou a meu pai uma carta de uma aldeia na costa meridional da Sicília, frente à África, aonde Poldo Carega se havia dirigido para a construção do porto. Queria que meu pai lhe mandasse para lá um dos filhos, a fim de ajudá-lo na empreitada.

Fui eu, mais pela curiosidade de rever Margarida, depois de tanto tempo.

* * *

Esperava reencontrá-la sombria, gélida, nas suas supremas alturas, funérea e envolta em névoas perpétuas, porque já devia estar perto dos trinta anos — portanto, já solteirona.

(Imaginemo-la, para não exagerar, tal como a *Jungfrau*, ia pensando, durante a viagem.)

Mas quê! Nada disso! Encontrei-a bem alegre, e quase não acreditei em meus olhos: alegríssima, como jamais eu a vira! Mais gorda que antes, e feliz! Não tardei em descobrir a razão de tanta alegria.

Como engenheiro do governo, com a missão de fiscalizar os trabalhos de porto, havia, lá embaixo, um homenzinho de pouco mais de um metro de altura, calvo, míope, barrigudinho, mas cheio de engenho e de espírito, que era o primeiro a rir de sua pequeníssima estatura, tal como agora, Margarida, de sua altura: o engenheiro Cosme Todi. Ele vinha, quase todas as noites, jantar no terraço de Poldo Carega, que dava para o mar.

Noites africanas! O mar, quando soprava o siroco, vinha bater, impetuoso, sob aquele terraço branco, que então parecia, com sua cortina esvoaçante, o toldo de um navio. Entreviam-se os lampiões do velho cais, a lanterna verde do farol, as luzes entre os mastros dos navios ancorados, e da praia exalava aquele bafio denso, quente, acre, de sal e de mofo, das algas mortas, apodrecendo, misturado ao odor do piche e do alcatrão.

E se conversava, rindo e bebendo, até tarde, naquele terraço branco, que proporcionava, à noite, uma deliciosa compensação ao sufocante calor do dia. E, mais do que todos, eram Margarida e Cosme Todi que riam, compreenderam?, de sua desgraça, que era oposta e comum.

O engenheiro Todi não pudera encontrar mulher, pela mesma razão que Margarida não pudera encontrar marido.

Realmente, ele, o engenheiro Todi, jamais procurara uma mulher, certíssimo de que não uma, mas cem teria encontrado, que logo o aceitariam por marido, devido à sua lucrativa profissão. Mas depois?

Não, não: engenho, garbo, jovialidade (dotes todos que ele não tinha dificuldade alguma em reconhecer em si) não teriam bastado (como tantas gentis amigas já lhe haviam feito crer) para compensar aqueles três palmos de estatura que lhe faltavam.

Não, não: aqueles dotes nele tinham apenas valor porque ele ganhava de quarenta a cinqüenta mil liras por ano. E, sem dúvida, caso se deixasse apanhar pelo anzol, três meses depois, ouviria da mulher que, meu Deus, o engenho deveria ser-lhe suficiente para compreender que ela, com um marido como ele, não podia dispensar um amante, e fingir que nada percebia e continuar a amá-la, apesar da traição ou traições. E o garbo e a jovialidade lhe serviriam para abrir graciosamente a porta para o cavalheiro ou cavalheiros que lhe fizessem a honra de vir cortejar a esposa.

Estas coisas, dizia e representava com muita comicidade de frases e de gestos, o engenheiro Cosme Todi, fazendo rir a todos e muito mais a Margarida Carega, que até se atirava para trás, para deixar os enormes seios e o ventre balançarem à vontade com as gargalhadas.

Até que, numa daquelas noites, o Todi, pelo prazer de vê-la rir assim burlescamente, saiu-se com uma boa: disse que a mulher ideal para ele seria ela, Margarida Carega.

— A senhora! a senhora, sim! Justamente a senhora!

Foi um milagre a mesa se manter firme em suas quatro pernas. Eu a vi estremecer como por um terremoto, e caírem garrafas e copos.

— Seriamente, seriamente... — continuava repetindo Todi, com os bracinhos para cima, em atitude de aparar, entre o ruído da interminável gargalhada. — Falo-lhe seriamente! Reflitam bem, meus senhores! Seria o matrimônio ideal!

Uma vingança maravilhosa contra a natureza, seria! sim! sim! contra a natureza que fez a senhora tão grande e eu tão pequeno! Pense um pouco, pense um pouco! sem fazer rir, nem espantar, nem eu poderia desposar uma anã nem a senhora um gigante! Mas nós dois sim: nós dois podemos casar-nos muito bem! E formaríamos um casal, se pensar bem nisso, perfeito, de perfeita equiparação; porque a senhora possui as sobras daquilo que me falta; e, assim, nos compensaremos reciprocamente!

Nenhum de nós agüentava mais: tínhamos todos lágrimas nos olhos e doíam-nos os flancos.

— Mas a senhora teria essa coragem? — gritou Todi, saltando para cima da cadeira e apontando para o alto o indicador, em ato de desafio contra Margarida.

Esta, então, também se levantou, com a cara congestionada de tanto rir. Garanto-lhes que sua cabeça ainda ficava mais alta do que Todi, mesmo trepado na cadeira.

— Coragem, eu? — disse-lhe. — Mas o senhor é que deveria ter coragem de casar-se comigo!

Aplaudimos todos, longa e estrepitosamente, ante esta bela resposta.

— E eu a tenho! — gritou então Todi. — A senhora não a terá. Apostemos?

— Aceite, aceite a aposta, senhorita Margarida! — gritamos todos, incitando-a. — Apanhe-o sobre a palavra!

— Pois bem, eu aceito, sim! — respondeu ela. — Vejamos, depois, quem vai se arrepender.

— Eu? Ah, eu não, por certo! — exclamou Todi. E, pulando da cadeira, seriíssimamente, adiantou-se para Poldo Carega, inclinou-se e disse-lhe:

— Tenho a honra, engenheiro Carega, de pedir-lhe a mão da senhorita Margarida, sua filha.

Aquilo que sucedeu depois, renuncio a descrevê-lo. Parecíamos todos ter enlouquecido. Seria uma burla? Ou seria mesmo a sério? Quem sabe! Consideramos a burla como uma coisa séria. Mandou-se vir champanha: o engenheiro Todi foi carregado em triunfo, para sentar-se ao lado da gigantesca noivinha, e os brindes aos faustíssimos esponsais não acabaram mais.

* * *

Assim, a princípio por burla, realizou-se de verdade aquele casamento ideal de um anão com uma giganta.

A coragem os dois não deveriam ter para tolerar um ao outro, mas para resistir às caçoadas do povo, que logo os veria juntos, marido e mulher. Mas o engenheiro Todi e Margarida Carega tiveram espírito suficiente para enfrentar os motejos e ainda para achar graça nestes, como se realmente aquilo fosse um casamento de brincadeira, no carnaval.

Asseguro-lhes, todavia, que em toda a cidade — naturalmente —, desde o princípio, prorrompeu logo uma gargalhada homérica, mas depois viram bem, e posso mesmo afirmar, que acabaram achando muito razoável aquela união, que estabelecia entre os dois absurdos da natureza uma espécie de equilíbrio e como que uma justa, embora cômica, reparação.

Seis meses depois, o casamento foi realizado. Aquele corajoso homenzinho, já bastante maduro e mesmo assim barrigudinho como era, tornou-se alpinista, quero dizer, tornou sua, perante os homens e perante Deus, aquela montanha e... — vocês riem? Mas saibam, meus caros amigos, que Margarida Todi... — Carega agora tem dois filhos, nascidos de um só part... *Parturiunt montes...* — Dois ratos — acreditam vocês?

Que ratos! Aos doze anos, já estão quase do tamanho da mãe. E esta radiante Margarida Todi-Carega: triunfa entre aqueles dois pequenos colossos bem dignos dela; ao passo que ele, ao invés, o homenzinho, já velhote — que querem vocês? —, sofre, sim, mas não por causa dela, que fique bem claro! Ela o ama, estima-o, é grata e cuida bem dele; dispensa-lhe mesmo todas as atenções. Sofre, o pobre engenheiro Todi, porque, naturalmente, com os anos, começam a pesar-lhe e a aborrecê-lo um pouco demais as piadas dos outros; receia que o façam diminuir perante os filhos, dos quais pretende ser respeitado, como um pai de verdade.

Os filhos respeitam-no; mas, ora, devemos confessar, não é nem para eles interessante a sua condição, com um pai tão minúsculo, que parece ter sido feito e posto ali somente por brincadeira.

Esta aflição existe, inegavelmente. Porque a vida não sabe ser, toda e sempre, uma farsa. Um marido e uma mulher podem fazer rir à vontade; mas a paternidade não pode nunca deixar de ser uma coisa séria.

Retorno

Depois de tantos anos, de retorno ao seu triste povoado ao alto da montanha, Paulo Marra compreendeu que a ruína do pai devia ter começado mesmo no instante em que se pusera a construir a casa para si, depois de haver construído tantas para os outros.

E isso o compreendeu justamente ao rever a casa, não mais sua, onde habitara, quando criança, por pouco tempo, em uma daquelas ruas altas, escorregadias, que pareciam torrentes que não mais corriam, leitos secos, leitos de calhaus.

A imagem da ruína estava naquele arco de porta, sem porta, que ultrapassava com toda sua bandeira, de um lado e de outro, os muros em torno do vasto pátio fronteiro, não terminados; muros agora velhos, de tijolos vermelhos.

Passado o arco, no pátio íngreme, cheio de pedras como a rua, havia ao centro um poço. A ferrugem já comera quase completamente, desde outrora, o verniz avermelhado da haste de ferro que segurava a roldana. E como era triste aquela desbotada cor de verniz, naquela haste de ferro, que parecia sofrer com isso. Enferma talvez de melancolia, dos sons estridentes da roldana, quando o vento, à noite, movia a corda do balde; e no pátio deserto pairava a claridade do céu estrelado mas velado, que, naquela inútil claridade, cheia de pó, parecia fixado lá em cima, assim, para sempre.

Eis o que ocorrera: o pai quisera colocar, entre a casa e a rua, aquele pátio. Depois, talvez pressentindo a inutilidade daquele reparo, deixara assim desguarnecido o arco e a meio as paredes em roda.

A princípio, ninguém, ao passar, atrevera-se a entrar, porque ainda pelo chão permaneciam tantas pedras entalhadas, e parecia, com elas, que a construção, interrompida provisoriamente, seria logo reiniciada. Mas assim que a erva começara a crescer entre os calhaus e pelas paredes, aquelas pedras inúteis apareceram logo como que desmoronadas e vetustas. Parte delas tinha sido carreada por alguém, logo após a morte do pai, quando a casa fora vendida e revendida a três diferentes compradores e aquele pátio ficara sem ninguém que pudesse fazer valer seus direitos sobre ele; e parte tinha ficado, com o tempo, servindo de bancos para as comadres da vizinhança, as quais, agora, já consideravam aquele pátio como seu, bem como a água do poço, e ali lavavam e ali estendiam as roupas para enxugar e depois, com o sol que reverberava alegre sobre aquela brancura de lençóis e camisas, que esvoaçavam ao vento, sobre as cordas esticadas, soltavam-se os cabelos brilhantes pelo unto do óleo, para "catarem-se" na cabeça, umas às outras, como fazem os macacos entre si.

A rua, afinal, retomara o pátio, que ficara, assim, sem a porta que lhe impedisse a entrada.

E Paulo Marra, que via agora pela primeira vez aquela invasão, e destruída a porta sob o arco, e lascados nos cantos os pilares, estragado o calçamento pelas rodas das carroças e dos carros que tinham encontrado lugar nos arejados e limpos armazéns à direita da casa, quem sabe há quanto tempo reduzidos àquela sujeira de cocheiras de aluguel; empestado pelo cheiro do estrume e daquele madeirame apodrecido, entre os pés o negro pó das lavagens, desviando por entre as pedras até à rua, sentiu mágoa e náusea, ao invés daquela sensação de misteriosa perturbação com que aquele pátio vivia em suas distantes recordações infantis, quando era deserto, como o céu lá em cima, estrelado, o vasto brancor empalidecido por causa de todos aqueles calhaus em declive e o poço ao centro, misteriosamente sonoro.

* * *

Mulheres e crianças estavam no entanto a observá-lo, desde algum tempo, admiradas com aquele seu traje comprido, que a ele parecia condizente com a sua condição de professor, mas que, ao invés, lhe dava o aspecto de um pastor evangélico, de outro clima e de outra raça, com as guedelhas em desordem sobre os ombros corcovados e os óculos de varetas; e, assim que o viram retirar-se com todo aquele desgosto no rosto pálido, desataram a rir.

A cólera, ali de momento, impeliu-o a reentrar naquele pátio, de que ainda era o senhor, para arrancar aquelas mulheres, uma após outra, das pedras em que estavam sentadas e expulsá-las dali aos empurrões. Mas, já habituado a refletir, considerando que, se elas, ao vê-lo sob aquele seu hábito estranho, e talvez algo engraçado, de homem precocemente envelhecido e embrutecido por uma vida de estudos, difícil e desgraçada, não reconheciam mais o rapaz que ele tinha sido, não deveria fazer caso do direito que lhe negavam de experimentar aquele desengano e aquele desgosto, por toda a mágoa que sentia com suas antigas recordações.

Uma, entre outra destas recordações, de resto, bastava para cair-lhe o impulso de reagir contra aquelas mulheres; a lembrança, ainda abrasadora, de sua mãe, que saía para sempre daquela casa, com ele pela mão e amparando-se com a outra, sobre o rosto voltado, uma ponta do lenço negro que trazia na cabeça, a fim de ocultar o pranto e os sinais das atrozes pancadas do marido.

* * *

Tinha sido ele, quando menino, a causa daquelas pancadas, da insanável ruptura que se seguira entre mulher e marido e da conseqüente morte da mãe, de angústia, apenas um ano depois: ele, tolo, por ter querido assumir, aos catorze anos, o papel de defensor dela contra o pai que a traía, sem compreender agora, já adulto, que à mãe, horrivelmente desfigurada desde menina devido a uma queda da janela da rua, cabia a obrigação de tolerar aquelas traições, se quisesse continuar ainda a conviver com o marido.

Para ele, como filho, a mãe era aquela. Não podia conceber outra diferente. Sentia-se envolto e protegido pela infinita ternura que emanava daqueles olhos, que teriam sido bem bonitos, assim negros, se as pálpebras, por baixo, não se houvessem despregado, exibindo o róseo morto das conjuntivas e descendo com as olheiras e as faces na cavidade da horrenda deformação, de onde apenas emergia a ponta do nariz. E toda a carnal e santa amabilidade da mãe ele sentia em sua voz, sem reparar que aquela voz, mais do que da pobre enorme boca, saía quase inaudível pelos buracos do nariz.

Sabia que o pai, que viera da ralé, tornara-se um grande senhor para ela; e irritava-se ao ver que ela, além de não pretender ao menos um pouco de gratidão, quase punha a cara — aquela sua pobre cara! — onde ele punha os pés; e que o servia qual uma escrava, demonstrando-lhe até, a todo momento, aquela gratidão toda feita de tremores dos animais acovardados sempre em apreensão, receando não estar bastante pronta para adivinhar-lhe todo seu desejo ou necessidade, para receber uma ou outra sua distraída benevolência como uma graça imerecida.

Não tinha ainda seis anos, e já se revoltava, indignado, e fugia de perto, horrorizado, ao verse mostrado por ela a quem censurava daquela exagerada submissão; tapava os ouvidos para não ouvir do outro aposento as palavras com que habitualmente ela acompanhava aquele gesto, que ficava suspenso, devido à sua fuga; que tinha um filho, e que isto, dada sua desgraça, já era uma recompensa inesperada que Deus lhe quisera conceder.

Àquela idade, não podia compreender que ela pusesse diante de si esta desculpa do filho, para dissimular, talvez até a si mesma, a inconfessável miséria de sua pobre carne, que mendigava com tanta humilhação, àquele homem, o amor, embora sabendo-o ligado e possuído por outra mulher, mesmo percebendo certamente a repulsão com que todas as vezes a tremenda esmola lhe era feita. E julgara-se na obrigação de ressarci-la daquele acabrunhamento, diante de todos, sofrido por ele.

Era de seu conhecimento que o pai andava com uma viúva, mulher do povo, sua prima, uma tal Nuzza La Dia, que tinha sido sua noiva e que ele deixara para desposar outra de nível superior ao seu, mas de rico dote; paciência, se feia; filha do engenheiro que o ajudara a subir e que, empreiteiro de tantas obras, poderia tomá-lo como sócio em todas as empreitadas.

Sabia que, aos domingos pela manhã, ambos se encontravam no parlatório reservado à madre abadessa do mosteiro de São Vicente, que era uma sua tia. Fingiam ir visitá-la; e a velha abadessa, que talvez atribuísse ao parentesco entre ambos a meiga intimidade daqueles encontros, sentia-se feliz ao vê-los diante de si, um diante do outro, aos dois lados da mesa, sob a dupla grade: ele, já tornado um cavalheiro, com o terno azul dos domingos, que parecia querer rebentar nos ombros rudes, o colarinho duro, que lhe serrava a garganta roxa, e a gravata vermelha; ela de uma aparência toda carnal, mas plácida porque satisfeita, vestida de veludo negro e toda reluzente de ouro na penumbra daquele pequeno parlatório, que possuía a rigidez das coisas de igreja.

Beliscavam (um bocado eu, um bocado você) os inocentes docinhos da abadia, e bebericavam o pálido licor com essência de canela (um golinho você, um golinho eu). E riam. E também a velha tia abadessa, lá como um frade por trás da dupla grade, ria até chorar.

Tinha ido surpreendê-los, num daqueles domingos.

O pai ainda conseguira ocultar-se por trás de uma cortina verde, que escondia, à direita, uma porta; mas a cortina era curta, e sob a barra ainda em movimento viam-se muito bem as duas grossas botinas lisas e brilhantes; ela permanecera sentada diante da mesinha, com o cálice ainda entre os dedos, em ato de beber.

Ele lhe chegara bem perto e afastara-se um pouco, com o busto, para lançar-lhe, com mais força, o escarro no rosto. O pai nem se movera lá da cortina. E a ele, depois, já em casa, não lhe torcera um cabelo nem nada lhe dissera. Vingara-se na mãe; espancara-a até tirar sangue e mandara-a embora; a seguir, agasalhara em casa, publicamente, a amante, sem mais querer saber da esposa nem do filho.

Morta a mãe um ano depois ele foi internado num colégio fora da cidade, e nunca mais revira o pai.

* * *

Agora, voltando, depois de tantos anos, à terra natal, não tinha sido reconhecido por ninguém.

Somente um tal se aproximara, um que ele nem podia imaginar quem pudesse ser; um certo homenzinho encapuzado, que parecia quase estar rindo, tanto era pequeno ele e o manto grande.

Misteriosamente, ele, chamando-o a princípio com a mão, de lado, pusera-se a falar-lhe, em voz muito baixa, da casa e do direito a reivindicar sobre o pátio, ou para si, ou caso não o quisesse, em favor de uma desgraçada a quem teria sido suprema caridade recompensá-la pelo amor e pela devoção que ela dedicara ao pai, e pelos serviços que lhe prestara até o fim, quando, paralítico e mudo, ficara prestes a morrer de fome: uma certa Nuzza La Dia, sim, que desde aquele tempo passara a pedir esmolas para ele, e que agora, sem teto, arrastava-se todas as noites até ali, para dormir, em um vão de escada da casa.

Paulo Marra voltara-se para olhar aquele homenzinho como se fora o diabo.

E eis que aquele homenzinho, em resposta ao seu olhar, logo lhe piscara um olho, fazendo-lhe sinal, com o outro, de improviso aceso por uma malícia realmente diabólica. Justamente como se houvesse sido ele quem atirara a mãe pela janela, em menina, para deformá-la; ele, quem fizera tão formosa, para a tentação do pai, aquela Nuzza La Dia; ele, que o induzira, quando menino, a lançar na cara daquela bonita mulher o escarro que fora a ruína de todos.

E, depois de haver-lhe assim piscado maliciosamente, aquele diabo, envolvendo-se com forte deslocação de ar naquele desmedido manto, saíra dali.

Sabia muito bem, Paulo Marra, que tudo isto era imaginação sua, pois, desde muito tempo, sentia-se secretamente pungido pelo remorso de haver deixado morrer o pai na miséria, sem mais se importar com ele.

Também naquele momento, sentiu uma agulhada; mas logo repeliu aquele remorso com um impulso de ódio que, apesar de tudo, sabia não ser sincero. O impulso, de fato, provinha de outro sentimento, que ele não quisera jamais precisar em seu íntimo para não ofender entre aquelas memórias aquela que mais lhe doía: a memória de sua mãe. E esta memória estava agora envolta em um sentimento atroz de vergonha e num abatimento tão grande porquanto, toda vez, ao lado da cara da mãe, deturpada, lhe aparecia, de improviso, a cara da outra, bela, com a lembrança indelével da maneira como olhara para ele, enquanto ainda o escarro lhe pendia da face: um sorriso indefinível, de quase alegre surpresa, que lhe luzia nos dentes, entre os lábios rubros; e tanta pena, ao invés, tanta pena nos olhos.

Você ri!

Sacudido pela mulher, com um raivoso puxão no braço, acordou também naquela noite o pobre senhor Anselmo. Anselmo.

— Você ri!

Aturdido, e com os olhos ainda cheios de sono, e meio assobiando, devido à ansiedade do sobressalto, engoliu; coçou o peito hirsuto; depois disse, meio zangado:

— Também... por Deus... também esta noite?

— Todas as noites! Todas as noites! — gritou a mulher, lívida de despeito.

O senhor Anselmo soergueu-se sobre um cotovelo, e, continuando com a outra mão a coçar o peito, perguntou, embirrado:

— Mas você tem mesmo certeza disso? Pode ser que eu faça algum chiado com os lábios, devido às contrações do estômago; e lhe parece que eu rio.

— Não, você ri, ri, ri! — reafirmou a outra, três vezes. — Quer ver como faz? Assim.

E imitou a gargalhada larga, barulhenta, que o marido emitia durante o sono, todas as noites.

Atônito, mortificado e quase incrédulo, o senhor Anselmo voltou a perguntar:

— Assim?

— Assim! Assim!

E a mulher, depois do esforço daquela gargalhada, abandonou, exausta, a cabeça sobre os travesseiros, e os braços sobre as cobertas, gemendo:

— Ah, Deus, minha cabeça...

No quarto, acabava de morrer, soluçando, uma lamparina situada diante da imagem de Nossa Senhora de Loreto, sobre a cômoda. A cada soluço da lamparina, pareciam estremecer todos os móveis.

Irritação e mortificação, ira e amuo sobressaltavam no mesmo modo o coração dilacerado do senhor Anselmo, devido àquelas suas gargalhadas de todas as noites, durante o sono, as quais faziam a mulher suspeitar de que ele, ao dormir, se entregasse sabe lá a que sorte de prazeres, ao passo que ela, que lhe jazia ao lado, insone, atormentada pela perpétua dor de cabeça e com a asma nervosa, a palpitação de coração, enfim, com todos os males possíveis e imagináveis em uma mulher sentimental beirando os cinqüenta anos.

— Quer que acenda a vela?

— Acenda, sim, acenda! E dê-me também as gotas, logo: vinte, em um dedo de água.

O senhor Anselmo acendeu a vela e desceu o mais lesto que pôde da cama. Assim de camisolão e descalço, ao passar diante do guarda-roupa, para ir apanhar na cômoda o vidro de água anti-histérica e o conta-gotas, viu-se ao espelho, e instintivamente levou a mão para ajeitar na cabeça a longa mecha de cabelos, com que se iludia ainda de disfarçar de qualquer maneira a calvície. A mulher, lá da cama, percebeu-o.

— Ajeita os cabelos! — resmungou. — Tem a coragem de ajeitar os cabelos, mesmo durante noite alta, de camisolão, enquanto eu estou aqui morrendo!

O senhor Anselmo virou-se, como se uma víbora lhe houvesse mordido à traição; estendeu o indicador contra a mulher e gritou-lhe:

— Você está morrendo?

— Antes estivesse — queixou-se ela. — E que Nosso Senhor lhe fizesse sentir, não digo muito, mas um pouco daquilo que estou sofrendo neste momento!

— Eh, minha cara, não! — resmungou o senhor Anselmo. — Se você se sentisse mal de verdade, não se incomodaria por censurar-me um gesto involuntário. Mal ergui a mão, levantei... Diabos! Quantas teria deixado cair?

E atirou pelo chão, num impulso de ira, a água do copo, no qual, ao invés de vinte, quem sabe quantas gotas daquela mistura anti-histérica haviam caído. E foi obrigado a ir até a cozinha, assim descalço e de camisola, para ir buscar mais água.

— Eu rio...! Meus senhores, eu rio... — dizia para si, atravessando na ponta dos pés, com a vela na mão, o longo corredor.

— Vovozinho...

Era a voz de uma das cinco netinhas, a voz de Susana, a mais velha e a mais querida do senhor Anselmo, a quem chamava de *Susi*.

Acolhera em casa, dois anos atrás, aquelas cinco netinhas, em companhia da nora, quando morrera seu filho único. A nora, mulher à-toa, que aos dezoito anos fisgara aquele seu pobre filho, felizmente fugira de casa, alguns meses depois, com um certo cavalheiro, amigo íntimo do defunto marido; e, assim, as cinco orfãzinhas (das quais a maior, Susi, tinha apenas oito anos) haviam ficado nos braços do senhor Anselmo, justamente nos braços dele, porque, nos da avó, aflita por todas aquelas mazelas, é claro que não poderiam ficar. A avó não tinha forças nem para cuidar de si própria.

Mas cuidava, sim, se o senhor Anselmo, involuntariamente, levantava a mão para compor no crânio os vinte e cinco fios de cabelo que haviam sobrado. Isto porque, apesar de todos os seus males, tinha a avó a coragem de ser ainda ferozmente ciumenta como se, na tenra idade de cinqüenta e seis anos, de barba branca, crânio pelado, no meio de todas aquelas delícias que a sorte amiga lhe prodigalizava, e aquelas cinco netinhas nos braços, as quais, com seu magro ordenado, não sabia mais como sustentar, com o coração que ainda lhe sangrava pela morte daquele seu infeliz filho, ele pudesse mesmo preocupar-se em andar à gandaia com as belas mulherzinhas!

Não estaria rindo justamente por isso? Mas sim! Mas sim! Quem sabe lá quantas mulheres o beijavam durante seus sonhos, à noite!

A fúria com que a mulher o sacudia, a lívida raiva com que lhe gritava: "*Você ri!*" não teriam certamente outro motivo, a não ser o ciúme.

O qual... nada, ora essa, que era, afinal? um pequeno, ridículo estilhaçozinho de pedra infernal, dada por aquela sua sorte amiga à sua mulher, para que esta se divertisse em esfregar todas aquelas chagas, de que graciosamente enchera sua existência.

O senhor Anselmo pousou a vela no chão, junto à porta, para não despertar, com a luz, as outras netinhas, e entrou no quartinho, ao chamado de Susi.

Para maior consternação do avô, que lhe queria tanto bem, Susi crescia mal; um ombrozinho maior do que o outro e de viés, e dia a dia o pescoço se lhe tornava mais parecido com uma haste muito grácil para sustentar a cabecinha muito grande. Ah, aquela cabecinha de Susi...

O senhor Anselmo debruçou-se sobre a cama, a fim de deixar o bracinho magro da neta cingir-lhe o pescoço, e disse-lhe:

— Sabe, Susi? Eu ri!

Susi olhou-o, penosamente espantada, bem no rosto:

— Também esta noite?

— Sim, também esta noite. Uma risadona... Basta, deixe-me ir, querida, buscar água para a vovó... Durma, durma, e trate de rir também você, sabe? Boa noite.

Beijou a netinha nos cabelos, acomodou-lhe bem as cobertas, e foi para a cozinha, em busca da água.

* * *

Auxiliado com tanto empenho pela sorte, o senhor Anselmo conseguira (sempre para sua maior consolação) levantar o espírito rumo às considerações filosóficas, as quais, mesmo sem afetar-lhe em nada a fé nos sentimentos honestos profundamente radicados em seu coração, haviam-lhe tirado o conforto de crer em Deus, naquele Deus que premia e compensa no Além. E, não podendo crer em Deus, não podia, por conseguinte, nem mesmo crer, como lhe seria agradado, em algum demoníaco bufão que se lhe houvesse intrometido no corpo e se divertisse a rir, todas as noites, a fim de fazer brotar as mais tristes suspeitas na alma da mulher ciumenta.

O senhor Anselmo, estava certo, certíssimo, de nunca ter tido sonho algum que pudesse provocar aquelas gargalhadas. Ele nunca sonhava! Jamais sonhara! Todas as noites, à mesma hora, mergulhava num sono de chumbo, negro, duro e profundíssimo, do qual lhe custava tanta dificuldade e tanta pena despertar. As pálpebras pesavam em seus olhos como duas lajes de sepultura.

E então, excluído o demônio, excluídos os sonhos, não restava outra explicação para aquelas gargalhadas a não ser alguma enfermidade de nova espécie; talvez uma convulsão visceral, que se manifestasse naquele sonoro estrepitar de risos.

No dia seguinte, quis consultar o jovem médico especialista em doenças nervosas, que, dia sim, dia não, vinha examinar a mulher.

Além da doutrina, este jovem médico especialista fazia-se pagar pelos clientes os cabelos louros, que, devido ao demasiado estudo, lhe haviam caído precocemente e a vista que, pelo mesmo motivo, se havia, igual e precocemente, enfraquecido.

E possuía, além da sua ciência especial de moléstias nervosas, outra especialidade, que oferecia gratuitamente aos senhores clientes: os olhos, por trás das lentes, de cor diferente: um amarelo e outro verde. Fechava o amarelo, piscava com o verde, e explicava tudo. Ah, tudo ele sabia explicar, com uma clareza maravilhosa, para dar aos senhores clientes, também no caso que devessem morrer, inteira satisfação.

— Diga-me, doutor, pode acontecer que alguém ria durante o sono, mesmo sem sonhar? Forte, sabe? Cada risada...

O jovem médico passou a expor ao senhor Anselmo as teorias mais recentes e positivas sobre os sonhos e sono; falou durante meia hora, entremeando o discurso com toda aquela terminologia grega, que torna tão respeitável a profissão de médico, e, afinal, concluiu que — não — não podia ser. Sem sonhar, não se poderia rir daquela maneira durante o sono.

— Mas eu lhe juro, senhor doutor, que não sonho mesmo, não sonho, jamais sonhei! — exclamou, embirrado, o senhor Anselmo, ao perceber o riso sardônico com que a mulher recebera a conclusão do jovem médico.

— Eh, não, creia! Assim lhe parece — acrescentou este, voltando a fechar o olho amarelo e a piscar com o verde. — Assim lhe parece... mas o senhor sonha. É certo. Somente que não guarda a recordação dos sonhos, porque tem o sono muito profundo. Naturalmente, já lhe expliquei, nós nos recordamos unicamente dos sonhos que temos quando os véus, digamos assim, do sono já se diluíram um tanto.

— Então eu rio dos sonhos que tenho?

— Sem dúvida. Sonha coisas alegres, e ri.

— Que ladroeira! — não pôde o senhor Anselmo conter-se de exclamar. — Ficar alegre, pelo menos em sonho, senhor doutor, e nem sequer poder sabê-lo. Porque eu lhe juro que de nada sei! Minha mulher me sacode, grita-me: "*Você ri*" e eu fico ali abobalhado, a olhá-la, porque não sei de nada, se ri ou não, nem tampouco do que ri.

* * *

Mas agora vejamos, eis o que há: havia mesmo alguma coisa, afinal! Sim, sim. Devia ser assim. Providencialmente, a natureza, às ocultas, durante o sono, o ajudava. Mal fechava os olhos ao espetáculo de suas misérias, a natureza eis que lhe despojava o espírito de todas as mazelas, e levava-o consigo, leve, qual uma pluma, pelas frescas alamedas dos sonhos mais risonhos. Negava-lhe, é verdade, cruelmente, a recordação de quem sabe lá que delícias hilariantes; mas, certamente, de qualquer maneira, compensava-o, restaurava-lhe inconscientemente a alma, para que, no dia seguinte, estivesse em condições de suportar as tristezas e a adversidade da sorte.

E agora, ao voltar do escritório, o senhor Anselmo punha nos joelhos Susi, que tão bem sabia imitar a gargalhada que ele dava todas as noites, por tê-la ouvido tantas vezes repetida pela avó; acariciava-lhe o rostinho murcho de velhinha, e perguntava-lhe:

— Susi, como é que eu rio? Vamos, querida, faça-me ouvir a minha gargalhada.

E Susi, atirando para trás a cabeça e descobrindo o grácil pescocinho de raquítica, prorrompia na alegre gargalhada, larga, cheia, cordial.

O senhor Anselmo, feliz, ouvia-a, saboreava-a, embora de lágrimas nos olhos, ao ver aquele pescocinho da menina; e, balançando a cabeça e olhando para fora da janela, suspirava:

— Quem sabe quanto sou feliz, Susi! Quem sabe como sou feliz, em sonhos, quando rio assim.

* * *

Infelizmente, porém, também esta ilusão iria perder o senhor Anselmo.

Aconteceu-lhe, uma vez, por coincidência, de recordar-se de um daqueles sonhos, que tanto o faziam rir durante a noite.

Era isto: via uma ampla escadaria, pela qual subia com muita dificuldade, apoiado à bengala, um tal Torella, seu velho companheiro de escritório, de pernas em foice. Atrás de Torella, subia lépido seu chefe, cavaleiro Ridotti, que se divertia cruelmente em bater com a sua bengala na bengala de Torella, que, por causa de suas pernas em foice, tinha necessidade de apoiar-se solidamente a ela. Finalmente, aquele pobre homem do Torella, não mais agüentando, curvava-se, agarrava-se com ambas as mãos ao degrau da escada e começava a desferir coices, que nem um burro, contra o cavaleiro Ridotti. Este ria, zombando, e, desviando-se habilmente dos coices, procurava meter a ponta de sua bengala no traseiro exposto do pobre Torella, lá, bem no meio, e finalmente o conseguia.

Diante daquela cena, o senhor Anselmo, despertando, com o rosto contraído de improviso sobre os lábios, sentiu que lhe sumiam a alma e o fôlego. Oh, Deus, então era por isso que ele ria? por tamanha estupidez?

Contraiu a boca, numa careta de amargo desgosto, e permaneceu a olhar fixamente diante de si.

Por isso ria ele? Aquela, então, era toda a sua felicidade, que ele acreditava gozar em sonhos? Oh, Deus... Oh, Deus...

Mas o espírito filosófico, que desde muitos anos lhe corria por dentro, também desta vez veio em seu auxílio, e lhe demonstrou que, ora, era bem natural que risse de qualquer estupidez. De que desejava rir? Nas suas condições, era mesmo necessário que se tornasse estúpido, para poder rir.

Como poderia rir de outra forma?

Um pouco de vinho

Eu entrara naquela *Bottiglieria*, eu, que não bebo vinho, para fazer companhia a um amigo forasteiro, que parece não poder ir para a cama sem o viático, todas as noites, de um bom copinho.

Duas salas comunicando entre si por uma arcada ao centro: uma, mais baixa; a outra, três degraus mais acima; lúgubres ambas, com as paredes, pela metade, recobertas de madeira. A primeira, com as prateleiras de licores, desbotada, engordurada, empoeirada, e um velho balcão à frente; a outra, onde ficamos acomodados, tinha apenas uma roda de mesinhas toscas, envernizadas de amarelo, e quatro lampadazinhas que pendiam do forro, com o fio e abajur.

Mal anoitecera, por isso não havia quase ninguém ali. Dois indivíduos, que já tinham quase enxugado a primeira garrafa, estavam sentados em silêncio, sombrios, com o queixo no peito, a um canto. De repente, um deles escancarou a boca e emitiu um som prolongado, repetindo-o várias vezes, parecendo não mais acabar com aquilo. O outro virou-se para olhá-lo:

— Você parece estar zurrando, assim, meu caro!

Depois voltou-se para nós e acrescentou:

— Mas vejam só se isso é maneira de bocejar?

Esse modo desengonçado de desabafar seu tédio bestial serviu de mola ao desgosto que eu sentia desde que pusera os pés naquele local. Levantei-me e gritei ao meu amigo:

— Vamos, toque com isso, por favor.

Mas o meu amigo, pousando o copo ainda pela metade cheio daquela sua negra bebida densa como um licor, entrecerrou os olhos e engoliu o trago que levara à boca com uma volúpia tão infantil e patente, que logo a cólera que o invadira se transformou numa gargalhada. Tornei a sentar-me, humilhado pela consciência que eu tinha de estar ali feito um medianeiro daquela sua voluptuosidade.

Entrementes, outros fregueses haviam chegado. Alguns, na outra sala, jogavam cartas. De quando em quando, gritos, pandemônios que logo terminavam, como se não houvera nada. Apareceu também um velho cego, com um olho que se destacava, branco, quase engraçado, de guitarra a tiracolo, guiado por uma menina magra, com uma franjinha de cabelos na testa, que inspirava dó; mas de súbito se pôs a cantar, distraída, com uma voz que nem parecia dela, e tão desafinada, que provocou protestos gerais e foi obrigada a sair dali.

À mesinha ao lado, sentou-se a um certo ponto um estranho par: um velho senhor de ar nobre, todo entesado, parecendo um cadáver vivo, conduzido pela mão de um jovem camareiro, de enorme cabeça cabeluda, como que grudada nos ombros, sem pescoço, e uma cara de doente, inchada, com os olhos de hidrópico, mas suaves entre os cílios, olhos que possuíam a doente opacidade das turquesas. Pleno de delicada atenção para com o velho, que mal se agüentava nas pernas, sem deixar-lhe a mão, introduziu-se entre uma e outra mesinha, afastou a cadeira e, devagarinho, ali o pôs a sentar qual um fantoche; a seguir, foi até à outra sala e voltou, pouco depois, com um quarto de vinho louro, que lhe colocou à frente, com um copo; feito isto, retirou-se.

O velho ali permaneceu imóvel, com as mãos sobre as pernas encostadas. Possuía uma bela cabeça, mas fanada, de coronel aposentado; aqui e acolá, de viés, como caracteres caligráficos, dois exemplares olhos de peixe; e o rosto inteiro manchado por um espesso labirinto de veiazinhas roxas. Trajava-se bem, com asseada simplicidade. Mas que mau sinal e que tristeza quando, ou pelo corte ou pela cor se percebe, pela qualidade da fazenda, que é um traje de três ou quatro anos atrás, e que ainda continua novo, sem uma prega ou uma pequena mancha, no corpo de um velho! Ao vê-lo, tinha-se a certeza de que ele morreria com aquele terno de quatro anos, que continuara novo em folha e que talvez já estivesse morto, dentro daquela roupa.

Uma mosca deu-me a prova disso. Ela começara a molestá-lo, obstinadamente, mal o deixaram ali na cadeira. Mas não esboçava sequer erguer a mão para afastá-la. Assim de momento, sobreveio-me a dúvida de que não o pudesse, e, ante esta dúvida, um irrefreável nervosismo, ao ver aquela mosca se agarrar voracíssima a certas pequenas bolhas de calor que ele tinha na testa. Estava eu a ponto de enxotá-la, quando ele virou bem devagar a cabeça para meu lado e, com um fino e melancólico sorriso, disse-me:

— Certas moscas possuem esta natureza, que, quando um cidadão acaba de morrer (não se sabe que mensageiros tenham), sabem-no imediatamente. E, assim que o sabem, vêm agarrar-se e deliciar-se com o suorzinho da morte.

Dito isto, virou de novo a cabeça para continuar, como antes, imóvel na cadeira.

Ora, certamente, nunca se deu o caso de que um cadáver, estendido rígido na cama, entre quatro círios, tenha levantado a mão para enxotar uma mosca da testa ou do nariz. Mas aquele velho senhor, por Deus, apesar de seu aspecto cadavérico, estava sentado numa cantina, movera a cabeça, falara-me. E a garrafa de vinho estava-lhe à frente, intacta, ali na mesinha, com o copo vazio ao lado. Procurei com os olhos, na outra sala, o camareiro, que talvez encetara conversa com alguém e esquecera-se de vir servir o amo; não consegui divisá-lo; e então, não mais resistindo à vista da imobilidade daquele pobre velho, estendi a mão para a garrafa a fim de eu mesmo despejar-lhe o vinho no copo e ajudá-lo a beber. Mas, com espanto, vi-o levantar logo a mão de sobre as pernas e conter a minha. Sorriu, inclinando levemente a cabeça; repôs a mão na posição anterior, e disse-me:

— Obrigado, não se incomode; não bebo.

Fitei-o, surpreso; olhei para a garrafa, como para perguntar-lhe por que então o camareiro lha houvera posto à frente; o velho senhor leu-me nos olhos a pergunta e respondeu-me:

— Para fingir. Não é vinho.

— Não é vinho? Que é, então?

— Nada. Aguazinha. O vinho, eu, por forte que o seja, bebo-o puro. Experimente despejar-me no copo um pouco daquele de seu amigo e vai ver o que acontece.

Curioso, apanhei a garrafa de meu amigo, e estava prestes a despejar um pouco no copo do velho senhor, e eis que, imediatamente, da outra sala, acudiu o camareiro, que, evidentemente, estivera de atalaia, para cobrir com a mão o copo e gemer exasperado:

— Senhor marquês!

Depois, dirigindo-se a nós:

— Meus senhores, por piedade! Depois, quem vai levar a culpa serei eu!

E lá se foi, levando consigo o copo.

O velho senhor tornou a sorrir, com aquele seu fino e melancólico sorriso, balouçando levemente a cabeça; depois, entrecerrou os olhos e emitiu um longo suspiro.

— Pobre Constantino!

Pareceu-me não mais ser o caso de levar aquilo a sério, e perguntei-lhe:

— Proíbem-lhe de beber, hein?

Respondeu-me:

— Não ele; proíbe-me meu filho; mas não porque se importe com a minha saúde, mas para que eu não ofenda o decoro da estirpe com aquela pouca alegria que me daria logo um gole de vinho puro. Constantino também beberia um copo, com muito prazer. Não pode, sob pena de morte. Doentíssimo. Doentíssimo e carregado de filhos, coitadinho. Abstenho-me de beber por causa dele. Seria mandado embora imediatamente, se me levasse para casa, não digo bêbado, mas apenas um pouco alegre. Oh, creia, não mais que alegre; porque eu seguiria de qualquer maneira o bom comportamento: comportar-me, ao beber, nem um ponto acima, nem um ponto abaixo; mas no ponto justo. Um ponto mais acima, a alegria transborda; um ponto mais abaixo, a alegria não se entusiasma. E, se a alegria não se entusiasma, surge a tristeza. Vou dar-lhe um exemplo. As tochas, meu caro senhor, acesas de dia, numa câmara ardente. A chama, ao sol, não se enxerga. E que se vê, ao invés? Apenas seu fumegar. Expliquei-me?

Traçou no ar, com um dedo, o círculo daquele fumegar e calou-se.

Realmente, o exemplo, agora que penso melhor, não possuía aquela clareza de relações que a retórica julga necessário para que uma comparação resulte eficaz; mas naquele ponto, dita por ele, com um garbo tão meticulosamente polido, voz tênue e fúnebre compostura, não só eficacíssima, pareceu-me o mais talhado e próprio que ele pudesse apresentar. Voltei a interessar-me por ele, com nova e mais viva curiosidade, e perguntei-lhe por que, não podendo beber, mandava o camareiro trazer-lhe aquela garrafa.

— Eh, por quê?! — suspirou. — Para que possa ver aqui minha tristeza (que é tanta!), qual uma pobre mendiga diante de uma porta, que, se lhe fosse apenas entreaberta, fá-la-ia tornar-se, de tão negra que é, uma amora de jardim. O senhor é moço: ama, espera, deseja; vê o mundo como o seu amor, como a sua esperança e como o seu desejo. Mas se, por infelicidade, ficasse privado disso tudo, o mundo lhe pareceria bem diferente. E seria, então, menos real de como é agora, quando o senhor ama, espera e deseja? São todos vinhos imateriais, estes. Eu, velho, a fim de considerar o mundo ainda suportável, punha-me dentro, um pouco, bem pouco, de vinho material. Meu filho não quer mais isso, devido ao decoro da casa. E, depois, há esse pobre Constantino... Veja, consolo-me, dando-me aqui uma prova de minha tristeza, tanta sim, agora verdadeira, mas bastaria que ingerisse um dedo de vinho, para que ela não mais existisse. O senhor poderá objetar-me que então não seria mais verdadeira nem a minha alegria, a qual dependeria de um gole de vinho que teria bebido. E eu não lhe digo o contrário. Mas, voltemos ao começo; o que é verdadeiro, meu caro senhor? O que é que não depende daquilo que pomos dentro de nós para criar-nos ora esta, ora aquela verdade? Eis, fique a ouvir!

Erguia-se das duas salas da cantina, que me parecera a princípio tão lúgubre, um alegre alarido. Olhei em derredor e todos os semblantes pareciam transformados, alguns esclarecidos, outros incendidos. Quatro senhores a uma mesinha, eretos em seus bustos e estendidos um para o outro, com as cabeças quase juntas, bem perto, entoavam, com grande delícia, não sei que canção, cantando pelo nariz; outros palestravam alto, alguns riam. E então, olhando novamente para aquele velho senhor, que já se recompusera naquela horrível imobilidade de polido cadáver sentado, e meditando sobre tudo quanto ele acabara de dizer-me, senti-me invadido por súbita e profunda piedade. Estava outra vez com a mosca sobre aquelas bagas de suor. Curvei-me para ele, e disse-lhe bem baixinho:

— Mas, desculpe-me, não poderia pelo menos enxotar essa mosca da testa?

Certas obrigações

Quando a civilização, ainda em atraso, condena um homem a carregar uma longa escada ao ombro, de um lampião a outro, e a subir e a descer essa escada junto a cada lampião três vezes por dia, pela manhã, para apagá-lo, depois do almoço, para regulá-lo, e à noite para acendê-lo, este homem, forçosamente, embora duro de mente e dedicado ao vinho, deve contrair o feio hábito de raciocinar consigo próprio, atingindo por vezes a considerações muito altas ou pelo menos da altura de sua escada.

Quaquéo, acendedor de lampiões, caiu, uma noite, bêbado, daquela altura. Partiu a cabeça, quebrou uma perna. Vivo por milagre, depois de dois meses de hospital, com uma perna mais curta que a outra, uma feia cicatriz na testa, recomeçou a girar, cabeludo, barbudo e de blusa azul, de novo com a escada ao ombro, de um lampião a outro. Toda vez que chega ao alto da escada de onde caiu, não pode deixar de considerar que — é inútil — certas obrigações devem ser cumpridas. Não se deveria tê-las, mas temo-las. Um marido pode muito bem, em seu íntimo, não se importar nada com os erros de sua esposa. Pois bem, senhores, tem obrigação de importar-se com isso. Se ele não cuidar, todos os demais homens, e até mesmo os rapazes, lhe atiram isso ao rosto e o ridicularizam.

— Como! Quaquéo. Quando lhe põem esses chifres Quaquéo?

— Cara de cão! — grita Quaquéo do alto do lampião. — Agora me vem dizer isso? Agora, que devo iluminar a cidade?

Bom pretexto, a iluminação da cidade, a fim de furtar-se à obrigação de cuidar das faltas da mulher. Mas ele as vê? Com estes lampiõezinhos a petróleo, pode ele ver quando alguém arromba uma porta ou quando se mata ou se esfaqueia naqueles sujos becos desertos?

— Ladrões sem-vergonhas e assassinos!

Mas, apesar disso, Quaquéo foi à prefeitura; apresentou-se ao assessor, cavaleiro Bissi, a quem deve o posto e alguma gratificação de vez em quando, pelo zelo com que desempenha sua função; e lhe expôs o caso: isto é, se ele, no ato de acender os lampiões não deve ser considerado como um funcionário público no exercício de suas funções.

— Certamente — respondeu-lhe o assessor.

— E então, quem me insulta — deduziu Quaquéo —, insulta um funcionário público no exercício de suas funções, está bem?

Parece que isso não soou bem aos ouvidos do cavaleiro Bissi. O qual, sabendo de que espécie são os insultos de que Quaquéo se queixa, desejaria demonstrar-lhe, com bons modos, que tais insultos não se referem propriamente ao lampioneiro em questão.

— Ah, não, Excelência! — protesta Quaquéo. — Rogo-lhe acreditar, Excelência!

E ao dizer *Excelência*, Quaquéo entrecerra os olhos como se estivesse saboreando um delicioso licor. Trata assim de Excelência, com todo o sentimento, a todos que encontra, mas especialmente ao cavaleiro Bissi, que, além das obrigações que tem ele também, como particular — talvez não as quisesse ter, mas que no entanto as tem —, ainda assumiu outras muitas, altíssimas, inerentes ao seu cargo de assessor. E Quaquéo está profundamente compenetrado de todas essas obrigações, naturais e sociais; e se, por vezes, devido a algum pinguinho importuno, deve passar a mão pelo nariz, não deixa nunca de, antes, proteger-se com a fralda da longa blusa azul.

Por sua vez, com belas maneiras, mas embaraçando-se um pouco, experimenta demonstrar ao assessor que se o insulto, de que veio queixar-se, possui algum fundamento de verdade, pode tê-lo somente no espaço de tempo em que ele se encontra no exercício de suas funções de acendedor de lampiões, porque, quando não é mais um acendedor de lampiões e somente marido, ninguém pode dizer nada, nem dele nem de sua esposa. A mulher é para com ele sábia, submissa, irrepreensível; e ele jamais pôde perceber nada de anormal.

— Insultam-me, Excelência, quando ilumino a cidade, quando me encontro sobre a escada apoiada no lampião e esfrego o fósforo na parede para acender a luz, isto é, quando sabem que não posso deixar a cidade às escuras, a fim de correr para casa e ver o que faz e com quem está minha mulher e, desde que seja o caso, fazer um massacre, senhor cavaleiro!

Sublinha as palavras *fazer um massacre* com um sorriso de resignação, porque reconhece que também esta obrigação ele a tem, como marido ultrajado, e justamente não desejaria ter, mas não pode evitá-la.

— Quer outra prova disso, Excelência? Nas noites de luar, quando os lampiões permanecem apagados, ninguém me diz nada; e por quê? Porque, naquelas noites, não sou considerado funcionário público.

Quaquéo raciocina bem. Mas raciocinar bem não basta. É preciso chegar aos fatos. E, chegando aos fatos, geralmente os melhores raciocínios caem por terra, como caiu ele, daquela vez, bêbado completamente, do alto da escada.

A que conclusões pretende chegar, afinal, com aquele raciocínio? O cavaleiro Bissi pergunta-lhe. Se acredita que sua infelicidade conjugal seja inerente à sua pública função de acendedor de lampiões, pois bem, renuncie a essa pública função; ou, caso não queira renunciar, fique bem quietinho, e deixe o povo falar.

— Peremptório? — pergunta Quaquéo.

— Peremptório! — responde o cavaleiro Bissi.

Quaquéo cumprimenta militarmente:

— Criado de Vossa Excelência!

* * *

A escada pesa-lhe cada dia mais, e cada dia mais Quaquéo encontra dificuldade em trepar pelos já gastos degraus, com aquela perna mais curta que a outra.

Agora, quando já está nos últimos lampiões, nos becos mais íngremes, ao alto da colina, demora-se um bocado sobre a escada, como que debruçado, ou melhor, como que pendurado pelas axilas ao braço do lampião, com as mãos penduradas, a cabeça apoiada sobre um ombro; e, naquela postura de abandono, lá em cima, continua a meditar e a raciocinar consigo próprio.

Pensa em coisas tristes e estranhas.

Pensa, por exemplo, que as estrelas, por mais densas que sejam, certas noites, alargam-se, sim, e picam o céu, mas não chegam a iluminar a terra.

— Iluminação desperdiçada!

Mas que bela iluminação! E pensa que, uma noite, sonhou que cabia a ele acender toda aquela iluminação do céu, com uma escada de que não se via o fim, e que ele não sabia onde devesse apoiá-la, e cujas estacas lhe tremiam entre as mãos incapazes de suportar tamanho peso. E como faria para subir, ir para o alto, por aqueles infinitos degraus, até chegar às estrelas? Sonhos! Mas que angústia e que desnorteamento, no sonho!

Pensa que é mesmo triste aquela sua profissão, pelo menos para um acendedor de lampiões como ele, que já contraiu o péssimo hábito de raciocinar, ao acender os lampiões.

Mas será possível que também o ato material de produzir luz, onde há trevas, não desperte, com o tempo, mesmo no mais duro e escuro cérebro, certos lampejos de pensamento?

Quaquéo, certas noites, chegou até a pensar que ele, que faz a luz, faz também as sombras. Sim! Porque não se pode possuir uma coisa sem o seu contrário. Quem nasce morre. E a sombra é como a morte, que segue um corpo que caminha. Daí sua frase misteriosa, que parece uma ameaça gritada do alto da escada, no ato de acender o lampião, e que outra coisa não é senão a conclusão de um seu raciocínio:

— Espere aí, espere aí, que lhe prego a morte atrás!

Afinal Quaquéo pensa que sua profissão possui uma certa importância de ordem superior porque repara uma falha da natureza, e que falta! Aquela da luz. Há pouco que falar: ele, para a sua aldeia, é o substituto do sol. São dois, os substitutos: ele e a lua; e revezam-se. Quando há lua, ele descansa. E toda a importância de sua profissão surge manifesta naquelas noites em que a lua deveria estar presente e não está, porque as nuvens, ao ocultá-la, fazem-na faltar à sua obrigação de iluminar a Terra, obrigação que a lua não desejaria ter, mas que a tem; e a aldeia fica às escuras.

Como é belo ver, de longe, no meio das trevas da noite, aqui e acolá, alguma aldeia iluminada!

Quaquéo vê diversas, todas as noites, quando chega aos últimos lampiões do alto do morro, e queda-se a contemplá-las longamente, com as mãos pendidas do braço do lampião e a cabeça apoiada a um ombro, e suspira.

Sim, aquelas pequenas luzes, lá embaixo, qual uma multidão de vaga-lumes em congresso, clareiam penosamente e permanecem a noite inteira a velar, no lúgubre silêncio, ruelas sujas e íngremes e tocas de miséria, talvez piores do que aquelas de sua aldeia; mas é certo que, de longe, produzem uma bela vista, e expandem um suave e melancólico conforto no meio de tanta treva. Passa de tanto em tanto alguma rajada de vento, e todas aquelas luzinhas, lá agrupadas, hesitam e parece que elas também suspiram.

E, ao vê-las assim de longe, fazem-no pensar que os pobres homens, perdidos como se encontram pela Terra, entre as trevas, estão reunidos, aqui e acolá, para dar-se um mútuo conforto e auxílio entre si; ao invés, nada disso, não é assim: se uma casa surge em um lugar, outra não aparece ali perto qual uma boa irmã, mas ali se estabelece qual uma inimiga, pode tirar-lhe a vista e o respiro; e os homens não se reúnem aqui e ali para viverem em companhia, mas se acampam uns contra os outros para se guerrearem. Ah, ele, Quaquéo, conhece bem essas coisas! E dentro de cada casa há guerra, entre aqueles mesmos que deveriam amar-se e estar de acordo para se defenderem dos demais. Não é talvez sua esposa sua mais acérrima inimiga?

E se Quaquéo bebe, bebe por isso; bebe para não pensar em certas coisas, que o faziam desleixar-se dessas obrigações, de que se acha tão profundamente compenetrado. Mas é verdade que, afinal, todos nós temos tantas outras que não desejaríamos ter. Não desejaríamos tê-las, mas temo-las.

— Eh, rato velho!

Quaquéo dirige-se a um morcego. Chama-o de rato velho, porque se trata de um rato que criou asas. Outras vezes, dirige-se a algum gato que desliza rente ao muro e pára de repente, encolhido e oblíquo, a mirá-lo, ou a algum cachorro vagabundo e melancólico, que se põe a segui-lo de um lampião a outro, pelos altos becos desertos, e se deita à frente, debaixo de cada lampião, esperando que o acenda.

* * *

Mas acender o quê, se não há petróleo?

A aldeia, esta noite, está arriscada a ficar às escuras. O empreiteiro da iluminação se acha em briga com a prefeitura; faz vários meses que não lhe dão um níquel; já adiantou cerca de doze mil liras; agora não quer mais saber de nada. Quaquéo não tem mais podido regular os lampiões, depois do meio-dia. Quando chega a noite, vai girando pelas ruas, com a escada, para ver se eles se acendem com aquele pouco de petróleo que sobrou da noite anterior. Acendem-se por algum tempo, depois baixam a luz e empestam a rua com seu mau cheiro. Os cidadãos protestam, brigam com ele, como se a culpa fosse sua. Os mais atrevidos e os moleques repetem-lhe desbragadamente o costumeiro estribilho:

— São necessários os chifres! São necessários os chifres! Os chifres, Quaquéo, os chifres!

E a algazarra aumenta. Quaquéo já não agüenta mais. Para furtar-se à multidão de insultadores, deixa a rua principal e, de escada ao ombro, põe-se a subir por um dos becos. Mas alguns desocupados o acompanham. A um certo ponto, Quaquéo, cansado e desanimado, entrega-se, segundo seu costume, ao braço de um lampião; não se satisfazem mais em apenas injuriá-lo com palavras, arrancam-lhe a escada de sob os pés e o deixam ali dependurado pelas axilas, esperneando.

Ah, sim? Então querem mesmo que ele cumpra com sua obrigação de marido ultrajado, não podendo, durante aquela noite, por falta de petróleo, atender à sua pública função de acendedor de lampiões? Apanharam-no ao laço, justamente naquela noite em que não pode apresentar a desculpa da iluminação da cidade? Pois bem: que lhe restituam a escada, e seja feita a vontade de todos! A escada! A escada! Façam com que ele desça, corpo de Deus, e verão o que saberá fazer!

Três ou quatro, rindo, recolocam-lhe a escada sob os pés, e todos, passando a gozar, em coro, provocam-no:

— E o punhal, está com você?

— Está aqui! Ei-lo!

E Quaquéo levanta o blusão e tira do bolso das calças um punhal velho; desembainha-o e empunha-o.

— Sangue da Madona, não é bom, este?

— Vai degolá-la?

— Degolo-a, e degolo-o também, se os encontro juntos. Todos como testemunhas. Sigam-me!

E lança-se para a frente, saltitando sobre a ponta da perna mais curta, e todos o acompanham vociferando e reunindo-se em torno dele, pelas vielas tortuosas em subida.

— Degola-a deveras?

Quaquéo pára, vira-se e agarra pelo peito um daqueles atiçadores.

— Ah, estão arrependidos? Agora que provocaram, por Deus, e estou aqui armado para fazer minha obrigação, todos devem estar comigo! Todos, por Deus!

E sacode e empurra aquele que agarrou, e recomeça o caminho. Alguns então se amedrontam, acompanham-no ainda por alguns metros, desconcertados, perplexos; puxam-se pelas mangas dos paletós; vão ficando para trás e acabam se safando. Somente quatro, e alguns moleques, ainda o seguem até a casa, mas consternados, não mais agressivos, e até dispostos a impedir que ele cometa alguma besteira. De fato, mal chegados diante da porta, agarram-no pelo braço e, em coro, com palavras de gracejo, procuram levá-lo consigo, para alguma taverna, a fim de tomar um trago. Mas Quaquéo, irreconhecível, arquejante, desvencilha-se deles e ameaça-os com o punhal desembainhado; lança pontapés à porta, e grita à esposa:

— Abra, mulher à-toa! Esta é a vez em que você me pagará por todas! Deixem-me, sangue de... deixem-me! Deixem-me, ou lhes arrebento a cara!

Os outros, ante aquela ameaça, afastam-se, e Quaquéo, então, tira logo do bolso do blusão a chave e abre a porta; entra e bate-a com estrondo. Os outros atiram-se também ao encontro da porta, procuram forçá-la e pedem socorro. Ouvem-se, lá de dentro, prantos e gritos no andar de cima.

— Carnificina! Carnificina! — berra Quaquéo, de punhal em punho, depois de haver agarrado pelos cabelos e atirado ao chão a mulher, toda desgrenhada e em trajes menores; e procura por baixo da cama, revirando tudo quanto lhe cai às mãos; procura na arca de madeira; vai pesquisar na cozinha, sempre gritando:

— Onde está? Diga-me onde, onde está! Onde você o ocultou?

E a mulher:

— Você está louco? Você está bêbado? Que lhe deu na cabeça?

Já embaixo, no beco, por sua vez, berram aqueles quatro que o acompanharam, e os moleques que acorreram com o alarido; e abrem-se janelas por toda a parte, e todos perguntam: — Que foi? Que aconteceu? — e socos e pontapés e ombros na porta.

Quaquéo salta para cima da mulher:

— Diga-me onde está, ou eu a mato! Sangue, sangue, quero sangue, esta noite! Sangue!

Não sabe mais onde procurar. Os olhos, de repente, vão à janela da cozinha, que dá para o lado oposto do beco, para um precipício. É uma janela um tanto alta, que está sempre fechada, e cujas persianas já estão enegrecidas pela fuligem.

— Pegue uma cadeira e abra essa janela! Não? Não quer abri-la? Miserável bruxa, eu mesmo a abrirei!

Sobe num escabelo, abre-a... — que horror! Quaquéo recua, de olhos esbugalhados, com as mãos entre os cabelos hirtos. O punhal cai-lhe da mão.

O cavaleiro Bissi está lá em cima, em perigo, sobre o vácuo, sobre o precipício.

— Mas se, Deus nos livre, Vossa Excelência escorregar! — exclama Quaquéo, mal pôde recobrar-se do terror, levando os punhos cerrados à boca; e logo acode, todo trêmulo e atencioso, para ajudá-lo a descer:

— Devagar... aqui, devagarinho, ponha um pé aqui no meu ombro, Excelência... Mas como Vossa Excelência pôde concordar em ir esconder-se aí em cima? Quem poderia imaginar tal coisa? Aí em cima, correndo o risco de quebrar o pescoço por causa de uma mulheraça como essa, o senhor, um cavaleiro! Mas isso é mesmo sério, Excelência!

Vira-se para a mulher, desfere-lhe um murro na cara e grita-lhe:

— Mas como? Lá em cima, lá em cima foi você escondê-lo? E não havia um lugar mais decente, mais limpo? Você não viu, imbecil, que procurei por toda a parte, menos ali atrás da cortina? Ora, vamos, pegue uma escova para o senhor cavaleiro! Tenha a bondade, Vossa Excelência, por cinco minutos, fique dentro desse armário embutido! Ouve como gritam, lá na rua? Todos nós temos certas obrigações, Excelência, pode crer. Não desejaríamos tê-las, mas as temos. Cinco minutos só: tenha a bondade, Excelência; vou mandá-los embora.

E, após introduzir o cavaleiro no interior do armário embutido, vai escancarar as janelas da rua, para gritar à multidão que ali se reunira:

— Não há ninguém! Já vou abrir a porta... E quem quiser subir que suba! Podem vir certificar-se. Mas não há ninguém aqui!

"Superior stabat lupus"

Corrado Tranzi, até os vinte e quatro anos, implacável desprezador de todas as mulheres, implacável escarnecedor de todos os homens que se enamoravam, mal recebera o diploma de doutor em medicina, chamado para um caso urgente enquanto pela manhã, bem cedo, estava combinando uma caçada, na farmácia de um amigo — (o céu bonito? o tepor da primavera iminente? algum sonho da noite?) —, enamorou-se ele também, justamente naquela sua primeira visita de médico.

Que encantos extraordinários e que dotes descobrira naquela moça que veio abrir-lhe a porta, despenteada, em desalinho, toda aflita, entre lágrimas, deve sabê-lo ele, que os descobriu. Certo é que, desde a primeira vista, ficou abobalhado a olhar-lhe a boca, enquanto ela, apressadamente, lhe falava da tia encontrada na cama, um quarto de hora atrás, arquejante e inconsciente.

Introduzido no quarto da enferma, viu junto à cama um mocinho que, talvez, fosse o filho, e um homem e uma mulher que, com certeza, eram o pai e a mãe da moça. Tranzi notou logo que esta, enquanto ele diagnosticava o mal (caso indubitável e irremediável de embolia cerebral), pusera-se a acariciar os cabelos do mocinho, do priminho, que chorava, com o rosto mergulhado no travesseiro bem junto à cabeça da mãe agonizante, e ficou tão embirrado, que, improvisamente, se interrompeu para ordenar que, por Deus, aquele rapaz podia ir chorar no outro quarto. Ar! ar! um pouco de ar em torno do leito!

A doente morreu três dias depois. Naqueles três dias, Corrado Tranzi conseguiu saber muitas coisas: que a rapariga se chamava Hebe; que era filha de um tal De Vitti, professor de física no Colégio Náutico; que a defunta era cunhada do professor, viúva fazia muitos anos e acolhida em casa, com o filho, que se chamava Marcos Perla; que este, já empregado modestamente na Alfândega, havia pedido, com agrado dos parentes, a mão da priminha, a qual recusara com muita mágoa, confessando candidamente que lhe seria impossível desposá-lo, porque, desde criança, crescida com ele, amava-o como a um irmão, e somente como tal e não de outra maneira poderia amá-lo.

Sabendo estas coisas, Corrado Tranzi lançou-se à frente, sem perder tempo. Dentro de poucos meses, estaria decidido o concurso para três vagas de assistente, no hospital principal da cidade, no qual ele tomara parte: estava certo de vencer; certíssimo; possuía, além disso, algumas economias e a profissão de médico; podia casar-se.

O professor De Vitti ficou a princípio consternado com tanta fúria e pela estranheza dos modos e pelas palavras do jovem médico, crespo e barbudo, cheio de impulsos e decisões rapidíssimas; hesitou; procurou ganhar tempo, com a desculpa do luto recentíssimo; mas Corrado Tranzi, que justamente por causa desse luto recentíssimo receava que o amor fraterno da moça pudesse, de um instante para outro, mudar de natureza com a levedura da compaixão, agora que o sabia órfão também da mãe e necessitado de conforto, manteve-se firme; ou sim ou não, e já! Hebe aceitou, e, em pouquíssimo tempo, se realizaram as bodas.

Foi uma fúria, um frenesi de amor, que durou apenas um ano. Hebe morreu de parto. Na mesma noite da desgraça, Corrado Tranzi, sem querer ver sequer a menina que, ao nascer, matara a mãe, fugiu de casa feito um louco, desapareceu. Soube-se depois que, tendo encontrado por acaso um jovem colega, o qual, na mesma noite, devia embarcar, como médico de bordo, num transatlântico, tomara-lhe o lugar com muito prazer do outro, e ficara na América, sem deixar vestígios de si.

* * *

A menina, órfã de mãe e abandonada assim pelo pai, cresceu na casa dos avós, que lhe deram o mesmo nome da filha. Hebe. E pareceu-lhes que, realmente, a sua Hebe recomeçasse a viver naquela menina, a princípio entre seus braços, guardada com a alma e o respiro, depois entre seus cuidados repletos de palpitações e temores.

À medida que ia crescendo, *Bebé* assemelhava-se sempre mais à mãe; repetia-lhe todas as graças infantis, os gestos, os sorrisos, os primeiros brinquedos, entre a comovida admiração dos dois velhos, que julgavam estar assistindo a uma prodigiosa ressurreição.

O sobrinho, Marcos Perla, ao vê-la também crescer tão semelhante em tudo à priminha que ele quisera tornar sua, começou a experimentar, de tanto em tanto, ou pelo fulgor de um olhar ou pelo som de uma gargalhada ou por uma palavra, por algum caprichozinho ou alguma birra da pequena, a curiosa impressão de uma parada em sua vida, de um misterioso retorno a tantas coisas, não mais vivas, mas que ainda viviam em seu íntimo; não às recordações de sua infância transcorrida em companhia de outra menina, da qual esta era o retrato preciso, mas aos mesmos sentimentos de que tais recordações estavam animadas e que se refaziam vivas, da própria vida da menina.

A qual, então, como aquela outra, queria brincar com ele; queria — sem que o soubesse — fazer-lhe repetir todos aqueles jogos já feitos com aquela outra que tinha sido sua mãe, quando criança.

E ele repetia aqueles jogos.

De volta da repartição, escondia-se atrás da porta do quartinho escuro, onde havia dois armários. O odor que emanava daquele lugar abafado, sem ar, sem luz, era como que a respiração da infância distante. Gritava, com a voz de então: *cu-cu*, e ficava à espera de que Hebe, a outra, mas viva, viva ainda nesta pequena, viesse descobri-lo, descobrir a ele, ainda menino, atrás daquela porta; e, pela fresta, mal a entrevia, toda ansiosa e vibrante e perplexa, como outrora, continha o fôlego e trepidava e, podendo, fugia dali, daquele esconderijo, e punha-se a correr, a dar voltas, para ser apanhado, em redor da mesa já posta, e metia-se por entre as cadeiras, sob a mesa, para ir sair do outro lado, até que, sentado no chão, se deixasse agarrar pela menina, de rosto afogueado e enfurecida.

Mas por onde o agarrava? Pelos bigodes, que ele *então* não tinha; ou lhe segurava os óculos, que ele *então* não usava. E, deste improviso remergulhar em si mesmo, sentia-se a princípio atônito, e ficava a alisar o bigode desfeito, a esfregar os olhos míopes e assustados. Algumas vezes a tia o surpreendia ainda sentado ali no chão e perguntava-lhe o que estava fazendo.

— Nada — respondia-lhe, com um sorriso vão. — Brinco com Bebé.

Entre todas as recordações, a mais viva e a mais precisa era aquela do dia e da hora em que, pela primeira vez, num beijo da priminha, ele sentira de improviso, ele sozinho, o sabor e o calor de um novo amor, diferente do comum, pelo que se havia perturbado todo e incendiado, como se daqueles róseos e frescos lábios ignaros lhe houvesse vindo um fogo delicioso, por todas as veias. Hebe tinha doze anos; ele, quinze; e tinha sido num dia de abril, nas primeiras horas da manhã. Ela percebera logo, então, que ele, naquele beijo, colhera pela primeira vez um sabor novo, e ficara sentida e não mais quisera que ele a beijasse de tal maneira.

Mas não percebia, não podia perceber nada, agora, esta pequena Bebé, já chegada à idade da mãe, e todos os dias, ao vê-lo regressar da repartição, atirava os braços em redor de seu pescoço e o beijava com fúria infantil.

Ele a estreitava toda a si e piscava os olhos e cerrava os dentes, ante aquela fúria, a fim de impedir, com todas as suas forças, que também destes frescos lábios inocentes, os quais, para ele, ainda mais do que para os velhos, eram ainda aqueles mesmos da primeira Hebe, lhe incutissem o mesmo fogo em todas as veias.

— Não me beija? Oh, como você é engraçado! Que tem? — perguntou-lhe uma vez Bebé, depois de havê-lo beijado, olhando-o bem no rosto e desatando a rir. — Por que se torna tão feio? Por que não me beija?

Ele fugiu dali e, diante do espelho, pôs-se a chorar.

* * *

A morte quase improvisa do professor De Vitti veio arrancar violentamente Marcos Perla daquele híbrido e pavoroso estado de alma.

O professor, tendo ingressado tarde no magistério, não havia ainda completado o prazo para pensão, de modo que à viúva coubera apenas poucos milhares de liras: cerca de oito, que foram postos de lado para a netinha.

Ficou agora Marcos Perla o responsável pela manutenção da pequena família.

De um lado, ficou satisfeito; mas do outro, a idéia de que Bebé começasse a ver nele outro, o chefe de família, quase um pai, ou a considerá-lo como tal, desconcertou-o profundamente.

Desde algum tempo, a tia vinha notando nele curiosas ausências de memória, estranhas manias, improvisas melancolias; e via-o emagrecer e fixar-se sempre mais em uma híspida e esquálida feiúra. Desconfiava de que ele estivesse apaixonado; que aquela morte do tio lhe houvesse truncado a esperança de construir um lar; que lhe pesasse a dívida de gratidão pelos benefícios recebidos quando criança.

Marcos Perla, ao invés, ao ver Bebé de dia em dia desabrochar qual uma flor, estava invadido pelo receio de que outro qualquer viesse tirar-lha, como já lhe fora tirada a mãe dela, sem que ele pudesse opor-se de qualquer maneira, mesmo se sentindo amado. Mas sim! uma vez fora irmão; agora, talvez, seria pai.

E logo chegou de fato a hora em que a tia, toda radiante, julgando causar-lhe um grande prazer, revelou-lhe que naquela própria manhã recebera uma carta de um moço, que tinha visto passar muitas vezes pela rua, belo como um anjo, louro, de cabelos compridos; um jovem pintor, que logo partiria para Roma, com uma bolsa de estudos, e que... Não pôde prosseguir a tia, tanto o semblante do sobrinho se alterara.

— Ah, este vai para Roma? como aquele outro para a América? — chasqueou horrivelmente. — Mas não lhe basta uma? Duas, hein? Querem atirar fora duas, assim, ao primeiro que aparece?

Dizia *querem*, como se o tio ainda estivesse vivo e quisesse infligir-lhe o suplício da outra vez. Delirando, confundindo a primeira tortura com esta de agora, o primeiro amor pela prima com este pela filha dela, que para ele era o mesmo amor renascente, o mesmo amor duas vezes vivo, ele bradou à tia toda a sua paixão.

A tia, a princípio espantada, depois quase apavorada, precisou acalmá-lo, disse-lhe que nunca, jamais teria suspeitado que ele pudesse agora apaixonar-se pela menina. Sim, o motivo havia; mas era difícil fazer entender isso a Bebé, que de nada sabia. Como dizer-lhe: "Você, querida, acreditou viver para si, todos estes anos, e ao invés, não; você viveu para renovar em mim, no meu coração, a paixão que tive por sua mãe!"

Oh, ela, a tia, teria ficado bem feliz em confiar a ele aquela sua menina; bastante feliz. Mas

Bebé? Prometeu ajudá-lo: mas não era preciso ter pressa. Antes de mais nada, era necessário afastar do coração de Bebé aquele amorzinho fátuo pelo jovem pintor, demonstrando-lhe que este, pela idade, pela profissão, por muitas outras coisas, não prometia nenhum futuro sério; depois, pouco a pouco... quem sabe?

* * *

Para Marcos Perla, aqueles foram meses de angústia e de desespero.

Talvez a tia não soubera conversar. Argumentava-lhe com a atitude de Bebé para com ele. Mas a tia o assegurava de que não havia tocado no nome dele à neta, nem uma palavra, e que Bebé estava assim porque, induzida por ela, truncara toda e qualquer correspondência com o rapaz, que já partira para Roma. Era preciso ainda esperar, deixá-la acalmar-se.

Esperar? Até quando? Mais o tempo passava, e mais profundamente ele via arraigar-se no coração dela a recordação e saudade por aquele moço que seguira para Roma. Ou, talvez se a tia não tivesse encontrado coragem para falar? Definhava dia a dia, pobre velha, roída por aquele segredo que ele lhe confiara.

Encontrou pouco antes de morrer a coragem para conversar com Bebé, pobre tia. Chamou-a para junto do leito, e começou a perguntar-lhe se ela percebera a condição em que dentro em pouco se encontraria: sozinha em casa, solteira, tão moça, com um homem que não lhe era nem pai, nem irmão, quase jovem ele também, sem qualquer obrigação real para com ela. Que era ele para ela? Filho de uma irmã da avó. E ela para ele? Filha de um homem que, certo dia, irrompera como um furacão naquela casa e a desmontara. Uma pequena planta quase sem raiz era: a mãe, morta; o pai, desaparecido. Não lhe restara outro amparo a não ser ele, Marcos, que se sacrificara por elas. Era necessário dar-lhe uma compensação, um prêmio por tantos sacrifícios. Ele era bom e amava-a: ser-lhe-ia pai e marido ao mesmo tempo. Se Bebé quisesse que ela morresse tranqüila, deveria dizer-lhe sim.

Espanto, dor, horror, vergonha assaltaram e perturbaram Bebé, ante esta inesperada revelação. Agarrou-se ao pescoço da avó, e, rompendo em soluços, suplicou-lhe que não morresse, por piedade dela. Não, não: ela a seguraria assim fortemente, para sempre, e não lhe permitiria que morresse, pronto! não lhe daria permissão! Agora, que sabia essa coisa horrível, sozinha com o tio Marcos, não mais poderia ficar. Por piedade! Por piedade! Antes morreria ela, sim!

Bebé não havia jamais pensado no pai desaparecido; nunca tivera por ele sentimento algum, nem rancor nem curiosidade; para ela, ele não existia, jamais existira. Começou a existir no dia da morte da avó, quando ao voltar para casa, de regresso do cemitério, viu-se em companhia de Marcos Perla, junta e separada, conhecendo nele um sentimento ao qual não sabia nem queria corresponder.

Um ódio surdo e feroz apoderou-se dela pelo pai desconhecido, que a pusera no mundo e a abandonara sem vê-la sequer; que, depois de dar-lhe a vida, negara-lhe todo o direito de existir para ele, só porque, sem culpa alguma, ao nascer, matara a mãe; como se esta não fora também uma desgraça para ela, e, ao invés de ódio e horror, sua vista, a vista da filha órfã ao nascer, não devesse ter provocado nele maior piedade, o sentimento de um duplo dever! Fugira, desaparecera, com pavor dela, furtando-se a toda e qualquer responsabilidade pela vida que lhe dera, e lançando tal responsabilidade às costas dos dois pobres velhos, a quem tirara a filha, e agora para cima de outro, que não tinha obrigação alguma de assumi-la.

Bebé ignorava que também a este seu pai havia tirado algo; ignorava que havia deixado a este o peso da filha, depois de lhe haver roubado o amor da mãe.

Onde estaria agora o pai? Viveria ainda? E como não pensava que, após tantos anos, poderiam estar mortos, como de fato estavam, os dois velhos, em cujas mãos abandonara a filha? Como não pensaria em tudo isso que poderia acontecer e que a ela já acontecia, tão só e sem auxílio? Talvez ele houvesse, lá longe, constituído outra família, tivera outros filhos, e, ao pensar nestes que mais perto dele exigiam amor e carinhos, afastava de si o remorso de não ter jamais pensado nela.

E eis que, agora, outro a recolhia, mas desejava ser pago por tudo quanto fizera e, como pagamento, exigia ela própria, e toda sua vida lhe pertencia, porque, o outro, o pai, deixara-lhe todo o encargo e responsabilidade.

* * *

Devido à violência destes pensamentos e destes sentimentos, Bebé, afogada na tristeza, com o espírito revoltado ante a iniqüidade de seu destino, adoeceu logo, e tão gravemente, que durante vários dias correu perigo sua vida.

Lutaram, longamente e sem tréguas, seu desejo de morrer e o amor de Marcos Perla, que se expandia em redor, vigilante, fervoroso em contê-la, em ampará-la, com insistentes e ininterruptos cuidados, sempre pronto a dar-lhe o próprio hálito a cada respiro que ela não mais quisesse emitir, e a própria vida para alimentar aquele atroz desejo de morrer.

E, finalmente, seu amor venceu; e ela, no lânguido enternecimento e no abandono da convalescença, por gratidão e piedade, afinal cedeu e resolveu desposá-lo.

Curada, já mulher, mirando o corpo jovem, as carnes ainda quase tenras e já ofendidas e condenadas a permanecer para sempre longe de qualquer prazer amoroso, não pôde subtrair-se à reflexão que a mísera, magra feiúra dele, já quase velho, dava um valor inestimável àquele seu corpo, e que por isso o pagamento que ele desejava obter representava quase um pacto de usura, somente em parte mitigado pela adoração com que a circundava.

Seria aquela adoração semelhante em tudo àquela do avarento pelo seu tesouro, se ele não se houvesse depois mostrado tão guloso por ela; oh, sim, como se desejasse sobre ela saciar uma longuíssima fome, de que ela sentia horror, voltando a pensar nos beijos que lhe dera quando menina. E, naquela gulodice, enfeiava-se sempre mais, tornava-se dia a dia mais pálido, mais híspido, mais magro. E também se esfalfava em trabalhar, a fim de melhorar suas condições financeiras. Poucos meses depois do casamento, quis tomar parte num concurso interno entre os oficiais aduaneiros, e figurou entre os vencedores. Devia agora ir a Roma, para um curso bienal de aperfeiçoamento no Instituto Superior de Merceologia. Esperava, depois de dois anos, poder permanecer em Roma, no Ministério da Fazenda.

Eis que, durante as arrumações da casa para a partida, aconteceu que Bebé descobriu, em um velho cofre da avó, guardado no sótão, um maço de cartas daquele jovem pintor que partira para Roma, dois anos atrás, por causa da bolsa de estudos, cartas que a avó interceptara e ocultara intactas, talvez porque não se atrevera a destruí-las ou então porque, até ao último instante, tencionasse entregá-las à neta, caso Marcos se convencesse de que era inútil esperar induzi-la a ceder.

Ante esta descoberta, Bebé sentiu que lhe arrancavam as entranhas e o coração. Empalideceu a princípio, depois a ira, a indignação incutiram-lhe tamanho ímpeto na alma, que ela, com as mãos nos cabelos e os olhos esbugalhados e ferozmente fixos, viu-se quase louca, ao mirar-se no espelho daquele cofre.

Como, com aquelas cartas subtraídas, pudera a avó assegurar-lhe que aquele moço, ao chegar a Roma, dela se esquecera? Aquelas cartas transbordavam de paixão, gritavam e choravam e esconjuravam. E ela acreditara na avó! E aquele moço pudera fazer dela todo o mau juízo que ela fizera dele! Mas sim, eis que, na última carta, desesperado, declarava-a indigna de seu amor e fátua e perjura e coquete e sem coração.

Ah, que infâmia! que infâmia! Tinham então ficado todos de acordo, a avó e Marcos; e de acordo haviam perpetrado tão vil traição? Mas sim! Não devia pagar? O sacrifício de sua pessoa já não bastava; também com o sacrifício daquele amor devia ela pagar os cuidados, o sustento que lhe haviam dado. Oh, Deus, Deus, que coisa... oh, Deus, que coisa...

Mas em Roma — ah! em Roma, agora, ela se vingaria. Iria descobrir o outro, de qualquer maneira. Ainda a custo de perder-se, vingar-se-ia.

* * *

Em Roma, três meses depois, em uma noite de inverno, na porta do velho apartamentozinho alugado por Marcos Perla, em um lúgubre casarão da alameda solitária de Castro Pretório, no Macao, batia um velhinho robusto, de barba crespa, já bastante grisalha, que se confundia com a cinzenta lapela do capote. Era Corrado Tranzi.

Aguardando que lhe viessem abrir a porta, de cabeça baixa, sobrancelhas franzidas e os olhos turvos, que demonstravam uma espasmosa ansiedade, enterrava as unhas na palma das mãos e esfregava convulsamente os polegares no dorso dos outros dedos cerrados.

Quando, afinal, a criada veio abrir-lhe, à vista da casa em que estava prestes a entrar, sentiu faltar-lhe a respiração.

— O senhor Perla?

A serva olhou para ele, consternada, e disse hesitante:

— Mas não sei se o amo, neste momento, poderá recebê-lo. Não está passando bem, e...

— E a patroa?

— Ela também.

— Enferma?

— Ela teve... não sei... espere: vou consultar o patrão.

E a empregada saiu dali, deixando-o parado à entrada, sem sequer convidá-lo a transpor o limiar. Voltou pouco depois, para dizer-lhe que o senhor Perla pedia desculpas, mas não podia mesmo recebê-lo, porque estava doente, e que também a patroa se achava indisposta.

— Eu sou médico — disse então o visitante — para ambos os dois.

E entrou.

— Mas senhor...

— Diga ao senhor Perla que está aqui o doutor Corrado Tranzi. Vá!

Marcos Perla estava estendido, desde a noite anterior, sobre uma poltrona, em um quartinho com pretensões a saleta e escritório; ali passara a noite; não se levantara nem para ir comer algo, ao meio-dia. Somente da criada, mais tarde, aceitara uma chávena de café com uma casca de limão. Ao ouvir o nome de Tranzi, ficou como que estarrecido. E por duas vezes tentou ficar de pé, recaindo ambas as vezes na poltrona. Auxiliado pela criada, pôde finalmente levantar-se e ir até à saleta.

— Corrado?

Quedaram-se por um momento os dois a se encararem, frente a frente, como que levados ambos a olhar um para o outro no tempo remoto, em que pela última vez se haviam visto. Em um átimo, com todas as recordações ainda vivas de quanto lhes acontecera, deviam preencher o vácuo de todo aquele tempo para se reconhecerem tão mudados.

Oprimido pelo espanto, arquejante, Marcos Perla julgou perceber nos olhos de Tranzi o ânimo com que este se reapresentava. Não devia Tranzi pensar que ele houvesse querido tomar uma desforra ao lhe desposar a filha, porque ele lhe tomara a mãe? E não devia, ante aquele pensamento, estar cheio de ódio e horror?

Sentiu-se enfraquecer, mergulhar num abismo.

Mas encontrou-se, ao invés, entre os braços do médico, amparado atenciosamente; ouviu a voz dele, que lhe dizia:

— Você... assim! Mas está enfermo deveras! Aqui... que tem? Mas você está queimando! Não se mantém em pé! Está com febre...

E experimentou um alívio, um refrigério, um conforto, tanto mais vivo e suave quanto mais inesperado e sem esperança. Começou a soluçar, a gemer entre soluços, enquanto o outro, junto com a criada, o reconduzia à poltrona, no quartinho:

— Envia-o Deus! envia-o Deus!

— Aqui... aqui... — prosseguia Tranzi, ajeitando-o na poltrona. — Que aconteceu? Olhe bem para mim... olhe-me no rosto... Venho de Palermo... Desembarquei em Gênova. Corri a Palermo, indaguei, informaram-me de tudo... Você... desposou minha filha? Onde está? onde está ela?

Perla, acabrunhado, curvo, mãos no rosto, gritou raivosamente:

— Antes nunca houvesse feito isso!

— Não devia tê-lo feito, Marcos! — retrucou pronto Tranzi, com voz estranha, que queria parecer uma censura ou desgosto apenas, mas na qual vibrava um furor a custo contido. — Como, como pôde você fazer isso?

— Pode ficar com ela, agora! Pode levá-la consigo!... — desabafou apressadamente Perla, sem retirar as mãos do rosto. — Pode levá-la embora... leve-a daqui, leve-a...

— Por quê? Onde está, afinal? — perguntou Tranzi, olhando em redor.

— Está lá... Trancou-se no quarto... — respondeu Perla. — Espera... Espera...

Virou-se para a empregada:

— Você! Vá prevenir a patroa...

A seguir, sempre trêmulo, levou a mão ao bolso interno do paletó; apanhou uma velha carteira, tirou dali uma carta e estendeu-a a Tranzi:

— Leia primeiro... leia...

— Que é?

— Leia. É do seu amante.

Corrado Tranzi cerrou os punhos com a carta e, qual uma fera ferida, atirou-se sobre a poltrona, sobre Perla, rugindo:

— Mas você...

— Eu? — gritou então o outro, reagindo, e, num furibundo impulso de revolta, atirou à cara do antigo rival todo o mal que por ele sofrera, todo o bem que, em troca, fizera, para receber mais tarde, como prêmio, esta traição.

Aos gritos, surgiu à porta, assustada, a criada. Mal Tranzi a viu, sacudiu-a e perguntou-lhe:

— Minha filha?

E, a um sinal, acudiu.

Hebe, no umbral do quarto em que se trancara, recebeu-o despenteada, em desalinho, toda aflita entre lágrimas, como já sua mãe pela primeira vez o recebera, naquela distante manhã de primavera, quando ele, jovem médico, fora chamado por acaso numa farmácia.

Era ela! Era ela! A sua Hebe, que voltava a recebê-lo assim, como se pode receber um estranho em momento de improviso, de suprema necessidade! E, bem claramente, no olhar hostil lia-se que, se ela não se houvesse encontrado naquela tremenda emergência, não o teria recebido, não teria desejado vê-lo.

— Minha Hebe! Minha Hebe!

Tendo-a reconhecido em sua mãe, ele não podia compreender que ela, com aqueles olhos, os mesmos da mãe, não pudesse reconhecê-lo também. Sentiu-se repelido por uma gélida mão, ao tentar estreitá-la ao peito.

— Não me abraça?... Oh, minha filha! Deixe-me pelo menos beijá-la nos cabelos... Você tem razão... Mas todo o mal, todo o mal o causou sua mãe, com sua morte!

— E quem o pagou? — disse Hebe, fitando-o com dura frialdade nos olhos.

— Não foi só você! Não foi só você! — replicou logo ele. — Que pode saber você? Sim, fui culpado para com você... Mas não acreditava... não acreditava... Agora, que a vejo, compreendo tudo!

Hebe viu o rosto do pai, ao proferir tais palavras, transformar-se de improviso em uma expressão entre espanto e horror, e ouviu-o acrescentar, em voz baixa:

— Compreendo... compreendo por que ele se casou com você... Você não sabe, nem pode saber...

Sentiu um calafrio; compreendeu; e perguntou, ela também, em voz baixa, horrorizada:

— Mamãe... Ele?

— Sim, sim...

E, neste reconhecimento, experimentaram, um, cólera feroz, como por uma infame traição, que o outro, aproveitando-se covardemente de sua ausência, lhe houvesse perpetrado com a mãe; a outra, a repugnância, a abominação, como por um incesto que o marido houvesse perpetrado nela.

Entraram ambos para o quarto; fecharam a porta a chave e conversaram longamente entre si. Ele lhe narrou que, mesmo entre todos os sofrimentos, todas as lutas que fora obrigado a sustentar, lá longe, em seu desespero, era devorado pelo remorso. Pensar nela, a princípio, lhe parecia odioso, porque não conseguia deixar de responsabilizá-la pela morte da mãe; irritava-lhe a chaga e tornava-o feroz. Depois, quando começou a sentir piedade por ela, que fora abandonada — (não remorso na verdade, nunca, porque jamais imaginou que pudessem faltar-lhe carinhos e cuidados de parte dos avós, que supunha ainda vivos) —, pensou que, após abandoná-la assim, não lhe tendo nunca dado sinal de vida, devia pelo menos tê-la tornado rica, para recompensá-la do longo abandono. E rico de fato ele retornava.

— Tarde demais?

Tarde demais, sim. A traição — explicou-lhe Hebe — não a havia cometido ela, tinham-na cometido a avó e Marcos, antes.

Ele conservava ainda na mão, amarrotada, a carta que Perla lhe fizera ler.

— Leu-a? — perguntou-lhe Hebe.

— Não, ainda não...

— Nem eu; mas aí deve estar a prova, por certo, de que ele por enquanto ainda não me pode acusar de nada! Não o enganei nem o traí. Não fiz outra coisa senão justificar-me com isso... como esse jovem que me escreveu a carta... Leia-a, pode lê-la...

E passou a falar-lhe daquele seu amor ingênuo, quando se julgava livre de dispor de si, de seu coração; das cartas subtraídas pela avó e descobertas por acaso, à véspera de sua partida para Roma.

Mas, no meio de sua história, a criada veio bater na porta para avisar que o patrão estava passando muito mal, parecia sufocar.

Corrado Tranzi acudiu. Por que lhe ocorreu perguntar, em primeiro lugar, se já não haviam chamado um médico?

— Não, nenhum médico ainda — respondeu a criada.

Com a ajuda desta, ele levou para a cama Marcos Perla que, com o ardor da febre, delirava. Despiu-o; começou a examiná-lo; auscultou-lhe o coração, longamente, depois os pulmões, batendo-lhe no peito, nas costelas. Marcos Perla, amparado pela serva, sentado na cama, com a cabeça pendurada, arquejava, murmurava palavras sem nexo. Terminado o exame, Tranzi fez sinal à criada para repor o enfermo debaixo das cobertas, e começou a passear pelo quarto, absorto.

Não era providencial, que ele, desde aquela noite, mal chegara, pudesse fazer valer sua qualidade de médico?

Um arrepio percorreu-lhe as costas. Endireitou-se, dolorosamente, passou as mãos trêmulas pelos cabelos; depois levou um dedo à boca e conservou-o entre os dentes, permanecendo pensativo, a olhar fixamente diante de si. Ao volver os olhos, percebeu a criada e tornou a olhar para o doente; sentou-se a uma mesinha, onde apoiou os cotovelos, apertando a cabeça entre as mãos.

— É grave? — perguntou então a criada.

Ele pareceu despertar e fitou-a, como se não houvesse ouvido.

— Grave, sim — disse depois. — Mas não se deve dar-lhe, por enquanto, nenhum remédio. Pode sair; se precisar, chamá-la-ei.

Ao ficar só, levantou-se, recomeçou a passear pelo quarto, evitando olhar para o enfermo.

Desde muitos anos, eram-lhe comuns certos terríveis diálogos consigo próprio, que não podiam ter outra conclusão que um ato extremo. Conhecia sua repugnância por esse ato, o tumulto de todas as energias vitais que se insurgiam para impedi-lo, a vontade que as dominava, o desabafo que então elas sentiam ao imaginar a vida que ficaria para os outros, depois de sua morte. Mas, aqui, o ato violento que devia cumprir não era mais contra si mesmo; e a vida que ficaria para os demais não se representava mais como em uma inútil sucessão de casos quase todos invariáveis. Aqui, os outros não lhe eram mais estranhos indiferentes. Ele via sua filha; e a vida que se apresentava, depois do ato violento a cumprir, era a dela. Não teria hesitado um só momento, se tivesse que agir contra si próprio. Mas agir contra outro, e à traição, tornava-lhe a repugnância invencível.

Durante a noite inteira, debatendo-se naquela espantosa vigília, no quarto do enfermo, procurou firmar-se na horrenda decisão, que lhe parecia, de instante a instante, sempre mais necessária e quase fatal.

Outros lhe haviam criado a filha, outros a haviam até então sustentado, para outros ela ainda estava viva. Ele jamais fizera coisa alguma por ela.

Devia fazer isto, agora. Não tinha mais nada que fazer.

Trouxera-lhe riqueza; mas de que serviria a ela, agora, já ligada àquele velho, depois do sacrifício de seu amor? Para que tivesse valor para ela aquela riqueza, para que ela pudesse dizer que devia realmente a vida a seu pai, era necessário cortar, aniquilar a vida que ela devia aos outros; e o débito que pagara com sua própria pessoa. Sim, sem hesitar, porque assim, providencialmente, o acaso o favorecia, e ele devia suprimir quem fizera pela filha tudo quanto ele devera ter feito; suprimir quem quisera substituí-lo em tudo, retomando até a mãe, na filha. Somente sob estas condições poderia chamar-se pai. Libertando-a de todos os liames contraídos ao tempo em que ele para ela não havia existido, dar-lhe-ia de novo, com esta liberdade e com a riqueza, a vida.

Teria Hebe desconfiado da triste resolução do pai, ao vê-lo, na manhã seguinte, todo entretido e atencioso à cabeceira do enfermo, depois de tudo quanto fora conversado na véspera? Talvez sim, mas proibiu a si mesma tomar conhecimento disso.

Bastante claro, porém, afinal, falou o olhar dele, quando, em desalinho, curvo sobre o leito, a espreitar o último respiro do moribundo, se ergueu e virou-se para ela, que lhe estava ao lado, convulsa, aterrada.

Dizia-lhe, com aquele olhar, que não tivesse medo, porque ele devia fazer aquilo.

Estreitou-a ao peito e sussurrou-lhe por entre os cabelos:

— Você está livre! Agora, pode viver.

Ela, porém, sentiu que não mais poderia viver, agora, sabendo. E apoiou-se àquele peito para não ver, sobre a cama, a vítima.

Na dúvida

Na sala térrea do belo palacete no alto da colina, alegre de luz e pelo tenro verde dos bambus que surgiam de um antigo sarcófago, alegre pelo esguicho de um chafariz de mármore, a velha minúscula marquesa dona Angeletta Dinelli, sentada junto a uma brilhante escrivaninha de metal niquelado, tocou pela terceira vez a campainha, conservando, todavia, no nariz os óculos e na mão a carta da filha, que escrevia de Roma.

A cabecinha entoucada da marquesa tremia, naquela manhã, mais do que habitualmente, com todos os cachos prateados que lhe pendiam em torno da testa, e também as pequeninas mãos deformadas miseramente pelo artritismo e protegidas por meias-luvas de lã.

— E o comendador? — perguntou, com a vozinha acre de birra, à camareira que se apresentou à porta.

— Foi avisado, senhora marquesa. Acabava de vestir-se. Disse que desceria logo para cá.

— Logo? Como os velhos, devia ter dito.

— Se acredita...

— Não, deixe, ele virá.

E dona Angeletta voltou a reler pela quarta vez a carta, enquanto uma voz fanhosa, por trás da cortina da janela, repetia:

— *Virá... Frederico, Frederico... Pobre Cocó... virá... Co-men-da-dor...* O estupidíssimo bicho, sobre seu poleiro, parecia estar caçoando da velha, imitando-lhe os três tons de voz, com que ela costumava chamar o comendador Morozzi: aquele apressado, confidencial *(Frederico, Frederico)*, aquele de comiseração, meio irrisório *(Pobre Cocó)* e o último, grave, e, por assim dizer, de cerimônia *(Co-men-da-dor)*.

Parecia; porque o papagaio, aliás, tinha isto de bom, que não compreendia nada; e não sonhava sequer caçoar da patroa. Que prazer, também, haveria nisso, mesmo para um papagaio, zombar de uma velhinha já perto dos sessenta, que se outrora dera margem a comentários não de todo maliciosos, na sociedade, desde muitos anos já vivia retirada e tranqüila, qual uma pequena tartaruga, naquela sua amena e solitária mansão umbra?

Realmente, dona Angeletta Dinelli, desde muito tempo viúva, poderia ter-se casado com o comendador Frederico Morozzi. Não o fizera, porque, na verdade, vivia com ele sem escândalo, quase maritalmente, ainda quando o marquês estava vivo, o qual, depois do nascimento da única filha, fugira para ir tomar ares em Paris: e tomara tanto ar que arrebentara quatro anos depois; e isso não teria sido nada, nada mesmo de mal, se naqueles quatro anos não houvesse torrado seus rendimentos e boa parte dos dela também.

Dona Angeletta era qual uma boneca, então; e, se não tivesse tido junto de si o Morozzi, sem dúvida acabaria pedindo esmola, com a menina. O afeto, o zelo, a proteção do comendador pela minúscula marquesa tinham sido muito apreciados em Roma; e quase, quase parecia não só desculpável, mas lógico e inevitável que alguém ali, naquela casa, assumisse ares de verdadeiro homem, porque tanto ela, a marquesa, quanto o marquesinho, ao se apresentarem pela primeira vez na sociedade, tinham feito a figura de um casal de meninos fantasiados por brincadeira, à guisa de noivos, para um gracioso baile de máscaras.

Sem a intervenção do comendador, homem sério, que sabia como iriam acabar aqueles dois bonecos! Já se vira; o marquesinho, a um certo ponto, quisera mostrar que era homem, e fora quebrar o pescoço em Paris.

Admirável era agora, para todos, o exemplo que aqueles dois velhos, o comendador e a marquesa, ofereciam de uma tão longa e perfeita felicidade de amor, de companhia plena de refinadas atenções, que ambos, àquela idade, conservavam ainda, naquele seu doce retiro.

Ele cuidava ainda amoravelmente de seu físico e queria que ela também fizesse o mesmo, em defesa, a despeito do tempo. Queria que este não prejudicasse muito aquela sua pobre boneca, já velhinha, não se aproveitasse demasiado da sua gracilidade. Aquelas pobres mãozinhas! Se pudesse melhorá-las, como fazia com os cabelos! Porque não eram nada verdadeiros aqueles cachinhos prateados, que surgiam de sob a touca. Mas o coração, o coração acima de tudo, teria querido mantê-lo firme, aquele coração que ia fenecendo demais. Ofendia-se tanto o comendador Morozzi, se dona Angeletta dava de ombros e, semicerrando os olhos, suspirava:

— Agora já, meu caro, agora...

Que agora já! que agora já! Qual um jovem apaixonado, nas noites de primavera, ele queria passear de braço com ela, ao luar, pelas alamedas floridas do jardim, diante da mansão. Alto e robusto, precisava curvar-se de banda para dar-lhe o braço, tão pequenina era ela. Parecia que acreditasse deveras, que ainda a lua, lá do céu, brilhasse para eles, e para ambos odorassem as rosas do jardim e trilassem os grilos distantes.

A velhice, aos poucos, vai devolvendo tudo quanto a mocidade tomara do mundo. Jovens, acreditamos mesmo que tudo seja nosso, nosso ou feito para nós o mundo todo. Velhos, deixamos que o mundo fique para os outros, ou que estes julguem seja seu; e rimos deste engano, com um riso que não pode deixar de ser amargo, considerando que o mundo foi nosso também, e que nos tornou felizes.

Assim pensava agora dona Angeletta que, se não estas, muitas outras coisas aprendera com seu velho amigo, além daquelas que os anos e os sofrimentos lhe haviam feito entrar, a pouco e pouco, na cabecinha entoucada, enquanto, nos lazeres hibernais, se acariciava as meias-luvas de lã protetoras das pobres mãos. E por isso, freqüentemente, suspirava:

— Pobre Cocó!

Muito com freqüência, pois o papagaio já aprendera a repetir tão bem, por sua conta.

Finalmente, Morozzi entrou na sala, esfregando as grandes mãos peludas:

— Eis-me aqui, eis-me aqui...

Depois do banho, um passeiozinho rápido, rápido, pelo jardim... Por que não, naquela manhã?

E o comendador Morozzi estendeu os indicadores e, num gesto que lhe era habitual, aproximou-os bem devagarinho, até tocar as pontas empomadadas dos másculos bigodes grisalhos, como para certificar-se de que estavam bem-arrumados.

Não podia ficar parado um só instante; para evitá-lo, levantava uma perna, ou empurrava um cotovelo, ou dava de ombros, ou retorcia a boca, ou contraía uma das faces, e depois, sempre com os indicadores mexendo nas pontas dos bigodes, fazendo muxoxo.

— Nu, nu, nu, minha cara; nu! Podia descer assim? — respondeu, apressadamente, à censura de dona Angeletta.

Ele se aproximou, curvou-se sobre ela, tirou-lhe os óculos do nariz, como se desejasse beijá-la sem que o visse, e:

— Que temos? Que aconteceu?

— Nelda — respondeu dona Angeletta, pondo-lhe a mão no peito para mantê-lo afastado. — Veja só que carta...

— Para mim? Para você?

— Para mim, confidencial. Dê-me, dê-me os óculos... Onde os pôs?

Morozzi deu-lhos; dona Angeletta tornou a pô-los no nariz, e...

— *Minha mãezinha bonita* — começou a ler —, *prometa-me, antes de tudo, que não deixará o comendador ler esta carta...*

— Muito bem! — exclamou este, tornando-se carrancudo.

— *Escrevo-a só para você* — prosseguiu a marquesa — *e quero que rasgue a carta, assim que terminar de lê-la. Trata-se...*

Dona Angeletta interrompeu-se; olhou para Morozzi, por cima dos óculos, e:

— Não lha leio, para obedecer ao pedido — disse. — Trata-se de que eu deveria fingir não ter recebido esta carta e que, assim, conversando... entre nós, me viesse a curiosidade de saber se Júlio...

— Ah! — exclamou o comendador, sempre enfastiado. — Trata-se do marido dela?

— Sim... mas não entendo nada. — respondeu dona Angeletta.

— Bravo! Você não entende nada, e nada quero saber eu — acrescentou Morozzi. — E vou já para o jardim!

— Espere! — exclamou dona Angeletta, ameaçando levantar-se. — Nelda escreve para mim, não porque não queira aconselhar-se com você, mas para não causar-lhe um desgosto; isso ela me diz, expressamente, ao fim da carta. Sempre fúrias! Sempre fúrias!

— Que desgosto? — perguntou Morozzi, virando-se de novo, com os indicadores estendidos sobre as pontas do bigode. — As costumeiras tolices!

— Sim! Porque você sempre protegeu Júlio — observou a marquesa.

— Protegido? Eu? — exclamou o comendador. — Porque ele o merece, pois se... Fique bem certa, minha bela, que Júlio não fez nada de errado; porque, se algo ele houvesse feito de mal, Nelda, a senhora baronesa, teria escrito a mim, não a você, para causar-me um prazer!

— E se não fosse coisa de agora? — retrucou dona Angeletta. — Se se tratasse de um velho pecado, que sabe você?

— A Zena? — perguntou então Morozzi. — Trata-se daquela pobre-diaba?

— Isso! — exclamou a marquesa.

— Mas se já tudo se acabou, arquiterminado, mais que acabado! Ainda? Puxa! Se tudo já estava terminado dois anos antes, dois anos antes que Júlio se casasse com Nelda! Àquela pobre-diaba eu arranjara um marido, eu...

— E o filho? — indagou dona Angeletta, em um tom que deixava bem perceber que era aqui que o queria ver.

— O filho? — repetiu Morozzi, estacando. — Que filho? O filho que Júlio houve de...?

— Teve-o, certamente? — perguntou de novo dona Angeletta. — Eis o nó da questão! É isso mesmo que Nelda deseja saber.

— Se Júlio teve um filho? E por quê?

— Porque... o porquê não o diz. Mas eu desconfio que desejam pregar-lhe alguma peça. Se soubesse como Nelda insiste para que você tome exatíssimas informações, até adquirir a certeza absoluta de que o filho é mesmo de Júlio. Você deve compreender que, tendo-se metido com uma mulher como...

— Quê! quê! quê! — prorrompeu a este ponto o comendador Morozzi. — A Zena? Mas faça-me o favor! Aquela pobre menina? Tinha dezessete anos... filha de honestos campônios! Incapaz! E depois, se o menino morreu...

— Morreu?

— Morreu dois meses depois.

— E então? — insistiu dona Angeletta, não sabendo mais que pensar.

— Dê-me essa carta — prosseguiu, com ar expedito, o comendador. — Vamos resolver logo isso.

Aproximou-se da janela, para ler melhor. Devia ler a distância, de braço estendido, porque — presbita — teimava em acreditar que não precisava de óculos. Plantou-se ali, numa atitude heróica; mas, de súbito, deu um salto. O papagaio, por trás da cortina, para fazer-lhe a seu modo uma carícia, bicara-lhe a mão que segurava a carta.

— Estúpido animal! — gritou. — Palavra de honra, puxo-lhe o pescoço, algum dia...

Ambos, os dois, dona Angeletta e o papagaio, responderam-lhe no mesmo tom:

— Pobre Cocó!

— Permite-me? — disse então Morozzi, enfurecido. — Vou ler lá no jardim.

E saiu a passos excitados.

Ria ainda, ria forte, quando, dali a meia hora, voltou para a sala, sacudindo a carta.

— Mas você não compreendeu nada? Nada mesmo?

Dona Angeletta mirou-o por alguns instantes, meio encabulada com aquele riso, mas já predisposta a sorrir, também, da própria consternação.

— Você compreendeu?

— Eu? Mas perfeitamente! — exclamou o comendador. — É tão claro o motivo da carta... Compreende-se pelo tom, desculpe! Diga-me uma coisa: há quanto tempo Nelda está casada?

— Quatro anos, em outubro.

— E nada de filhos! — acrescentou logo Morozzi. — Nelda não se assemelha a você em nada! Nelda, digo... se não me ultrapassa, é tão alta quanto eu, e... digo, flórida, robusta como eu... Não se convence de que possam faltar por causa dela. Compreende, agora?

— Por não ter filhos?

Morozzi respondeu-lhe com um gesto expressivo das mãos, e ajuntou:

— Mas lembrou-se, como diz ela, de que, quando solteira, "apanhou no ar" alguma conversa entre mim e Júlio, alguma referência àquele episódio juvenil do marido, ao nascimento da criança... Veja que ela menciona assim, sem dar muita importância, ao passo que investe forte sobre as pesquisas escrupulosas por fazer, a fim de ficar bem claro se o filho era mesmo de Júlio... Está em dúvida, é evidente! E por que duvida disso?

O comendador Morozzi voltou a rir forte, e concluiu:

— Tolices! Tolices! Tolices!

— Responderei, então... — recomeçou dona Angeletta.

E o comendador:

— Responderá assim: Tolices, diz Frederico; diz que não... sim, não! Eu não digo nada, porque a senhora baronesa ficou com vergonha de dirigir-se a mim: mas você pode dizer-lho, você, bem forte, que é uma idiotíssima criatura! Ainda não faz quatro anos! Gozem enquanto forem moços, sem preocupações! Os filhos virão... Há casos em que os filhos só aparecem depois de quinze anos. E, quanto a Júlio, diga-lhe que não me faça a afronta de duvidar de um marido que eu lhe escolhi! O filho era mesmo dele, e posso pôr as mãos no fogo, porque aquela Zena, pobre menina... mas imagine! Eu sei quanto me custou para remediar o caso... Que a senhora Nelda fique com o coração em paz e espere...

— Paciente e confiante...

— Isso, muito bem, assim! Paciente e confiante!

* * *

Quatro dias depois, chegou de Roma, para dona Angeletta Dinelli, outra cartinha mais curta, da filha:

Minha mãezinha querida:

Duas palavrinhas à pressa e fúria para não deixá-la preocupada.

Que sermão me fez, você, mãezinha pequenina e querida! E bem fora de propósito, sabe?

Não leve mais em consideração minha carta precedente, que você já deve ter rasgado. Eu lha escrevi... nem sei mesmo bem por quê. Capricho!

Saiba que já... não queria dizer-lho ainda; mas desconfio, receio, com muita convicção, que, há dois meses, você já tenha começado a ser vovozinha, eis tudo!

Espere ainda um pouco, antes de transmitir ao comendador.

Um beijo à pressa da sua

Nelda

— E então? — perguntou o comendador Morozzi, arregalando os olhos, mal dona Angeletta acabou de ler. — Todo aquele empenho em querer saber se Júlio houvera mesmo um filho?

Dona Angeletta levou à testa uma daquelas suas pobres mãos; depois, sob o olhar dele, ainda repleto de espanto, disse:

— Quem sabe lá que histórias, doidinha...

E não disse mais nada.

Mas, desta feita, fora ela quem compreendera tudo.

O quê? Não quis dizê-lo; fechou-o consigo no coração, para não amargurar, depois de tantos anos, seu pobre Cocó.

Estava certíssimo, de fato, o pobre Cocó, de que Nelda fosse filha dele; e ela não pronunciara jamais uma única sílaba para tirar-lhe essa certeza. Mas estaria igualmente certa, ela também?

Vivia, então, com o marido, com o marquesinho...

Que sensação de enervante tormento, que espinhos de remorso lhe haviam provocado o não saber, o não poder dizer nem a si mesma a quem pertencesse realmente o novo ser que principiava a viver-lhe nas entranhas; a quem ela própria deveria a trepidante ansiedade, as dores da maternidade, da qual, mesmo tendo caído em pecado, se sentia, diante de si mesma, dignificada; a quem ficaria devendo, amanhã, a alegria que do fruto de suas entranhas lhe viria? E que sofrimento também depois, ao ver, ao ouvir a própria criança estender as mãozinhas e chamar de papai a quem talvez não fosse tal coisa?

Ah, por mais perversa que seja uma mulher, e embora inimiga, errada ou certa, do próprio marido, desejaria ter sempre a certeza de que a este pertence o fruto do próprio ventre, nem que seja somente para não ouvir a tortura da mentira inconsciente, nos meios e tenros lábios da própria criaturinha!

Agora, Nelda...

Mas poderia dona Angeletta confessar estas coisas ao comendador Frederico Morozzi?

Ontem e hoje

A guerra deflagrara fazia poucos dias.

Marino Lerna, voluntário do primeiro curso acelerado de alunos oficiais, recebera a nomeação de subtenente de infantaria, e, depois de uma licença de oito dias, transcorrida junto à família, partira para Macerata, onde estava aquartelado o regimento para o qual fora designado: o 12º, brigada Casale.

Contava passar ali alguns meses, para a instrução dos recrutas, antes de ser enviado para a frente. Entretanto, três dias depois, quando se encontrava no pátio da caserna, foi subitamente chamado, não sabendo por quem; e, pelas escadas, encontrou-se com outros onze subtenentes, chegados com ele a Macerata, em diversos pelotões.

— Mas aonde? Para quê?

Lá em cima, na sala do coronel.

Rígido, em posição de sentido, com os companheiros, diante de uma mesa maciça, atulhada de papéis, desde as primeiras palavras daquele coronel de carabineiros, que servia de comandante substituto da caserna, compreendeu, logo depois, que devia ter chegado uma ordem de partida para eles.

Com os olhos ainda ofuscados pelo sol de junho, que resplendia lá embaixo, no amplo pátio, não conseguiu de pronto distinguir, na penumbra daquela sala, senão a divisa prateada na gola da túnica do senhor coronel, o rosado de uma comprida cara cavalar, cortada por um par de bigodes espessos, e o branquejar dos papéis sobre a mesa.

De repente, perdeu, no tumultuar dos pensamentos e dos sentimentos, o sentido das palavras proferidas com voz dura e irritante. Esforçou-se por prestar atenção e, sim, senhores, era mesmo assim: a ordem de partida era para a noite do dia seguinte.

Já, no quartel, se sabia que o 12º ocupava na frente uma das mais difíceis e ásperas posições, no Podgora; e que os mais jovens oficiais ali tinham sido ceifados, em vários assaltos infrutíferos. Urgia, portanto, correr logo, para preencher aqueles claros.

A tensão de ânimos, mal o coronel despediu aqueles doze moços, resolveu-se em cada um deles, por um instante, em um curioso aturdimento, quase de desiludida embriaguez. Logo procuraram esquecer, para entregar-se a um excesso de ruidosa desenvoltura; na qual, porém, momentos depois, tornaram a cair, procurando demonstrar um ao outro que tal desenvoltura não era afetada.

Encontraram-se, de qualquer maneira, todos de acordo quanto à decisão de correr ao telégrafo para anunciar a partida aos parentes, com palavras otimistas.

Todos, menos um. Justamente, entre os oitenta do pelotão dos aspirantes, que, em Roma, tinham sido destacados, com Marino Lerna, para o 12º regimento, um tal Sarri; exatamente aquele Sarri por que Marino tanto se aborrecera por tê-lo como companheiro; como se o destino houvesse desejado que, entre os oitenta camaradas do pelotão romano, fosse escolhido justo aquele que lhe era mais antipático.

Mas, realmente, aquele Sarri não tinha ninguém a quem telegrafar sua partida. Naqueles três dias passados juntos em Macerata, Marino Lerna, mesmo não conseguindo modificar a fundo a opinião que fazia do outro, sentira-se, todavia, mais bem-disposto a seu respeito, talvez porque, estando os dois sós, Sarri deixara aquele ar de desprezo que o tornara em Roma malquisto de todos os colegas de pelotão. Marino Lerna julgara ter compreendido que o desprezo de Sarri derivava de um propósito, que era nele quase uma instintiva necessidade, de não confundir jamais seu sentimento com o dos outros, demonstrando, por todos os modos, que ele seria justamente o contrário, sem importar-se sequer com a estima alheia. Era, talvez, em suma, antipático mais por profissão do que por natureza, e sentia orgulho das antipatias que provocava. Podia permitir-se isso, porque era muito rico e só no mundo.

De Roma, levara para Macerata uma mulherzinha alegre, que ele sustentava fazia mais de três meses, bem conhecida pelos companheiros de pelotão. Contava também ficar ali estacionado talvez mais de um mês e queria, nesse tempo, saciar-se de todo — dizia — pelo menos nos prazeres mais fáceis, os bestiais, do outro sexo, certo como estava de que acabaria morrendo na guerra, tanto a idéia de continuar a viver, depois da guerra, numa pátria cheia de heróis, era-lhe insuportável.

Marino Lerna, enquanto se dirigia com os demais para o telégrafo, ao vê-lo ficar para trás, parou.

— Você não vem?

Sarri deu de ombros.

— Não... queria dizer... — respondeu Lerna, meio embaraçado ante a tola pergunta. — Queria pedir-lhe um conselho.

— Justamente a mim?

— Não sei... veja: três dias atrás, ao partir de Roma, assegurei a meu pai e a minha mãe...

— Você é filho único?

— Sim, por quê?

— Lamento-o.

— Ah, eu sei, quanto aos meus pais... Assegurei-lhes que eu não partiria para a frente senão daqui a alguns meses, e que, antes de partir, iria visitá-los para...

Estava para dizer "pela última vez". Interrompeu-se. Sarri compreendeu-o; sorriu.

— Mas diga logo: *pela última vez*.

— Não, veja, esperemos que não; faço figas. Para cumprimentá-los, *ainda uma vez*, antes de partir.

— Bem. E depois?

— Espere! meu pai quis que eu prometesse que, se por acaso me negassem a licença, eu o prevenisse a tempo para que pudessem, ele e mamãe, virem até aqui para se despedirem de mim. Agora, nós partiremos amanhã à tarde, às dezessete horas.

— Se tomarem, esta noite, o trem das 22 horas — prosseguiu Sarri —, amanhã cedo, às sete, poderão estar aqui para passar o dia todo com você.

— Então, aconselha-me? — perguntou Marino Lerna.

— Mas não! — exclamou Sarri, sem hesitar. — Perdão, mas você teve a sorte de partir sem choro...

— Não, por isso não, mamãe chorou!

— E não está satisfeito? Quer vê-la chorar mais ainda? Mas diga-lhe que vai partir esta noite e despeça-se dela daqui. Será melhor para você e para eles.

Depois, vendo que Lerna estava ainda incerto e perplexo:

— Até logo, então! — disse-lhe. — Vou dar a notícia a Nini. Vai ser engraçado. Ela me ama! Mas se ela se puser a chorar, eu a esmurrarei!

E lá se foi.

Marino Lerna correu ao telégrafo, ainda indeciso se deveria seguir ou não o conselho. No telégrafo, encontrou os companheiros, que tinham todos telegrafado a despedida, sem mais pensar; e fez como eles; mas depois, ao pensar de novo sobre o caso e parecendo-lhe haver feito uma traição à pobre mãe e ao papai, expediu um novo telegrama, urgente, pelo qual os avisava de que, se tomassem o trem das 22 horas, ainda poderiam chegar a tempo de se despedirem antes da partida.

* * *

A mãe de Marino Lerna era uma mulherzinha dura, à moda antiga, como ainda se encontra na província.

Ereta no busto, armado de grossas barbatanas, ossuda, seca, sem ser magra; numa contínua ansiedade, entre suspeitas e desconfianças, volteava para cá e para lá os olhinhos agudos de rato, irrequietos.

Adorava tanto aquele seu único filho, que por ele, a fim de não se separarem, quando já estudante na universidade, deixara o conforto de sua velha mansão, os hábitos patriarcais de sua vida em uma aldeia dos Abruzzos e fazia dois anos que morava na capital, onde se sentia perdida.

Chegou na manhã do dia seguinte, a Macerata, em tal estado que logo o filho se arrependeu de tê-la mandado vir. Ela, porém, protestava que não era nada, mal descera do trem: não, não, sem poder desprender os braços do pescoço do filho, chorando-lhe no peito!

— Não me diga isso, Rinuccio... não me diga isso...

Entrementes, o pai batia-lhe de leve no ombro, sério, sério. Porque ele era um homem. E não chorava.

Em Roma, pouco antes de partir, tivera uma certa conversa com um cavalheiro desconhecido, o qual também tinha um filho na frente de batalha desde o primeiro dia da guerra e outros dois, mais novos, em casa. Uma certa conversa, sim. Nada. Uma conversa entre dois pais, apenas.

— Sem chorar...

Mas no esforço para conter o pranto a todo custo (esforço que lhe transparecia evidentíssimo nos olhinhos brilhantes, febris), seu corpo magro e não muito cuidado tinha agora uma ridícula solenidade artificial que dava dó, talvez mais do que aquela desesperada mágoa da mãe.

Estava, sem dúvida, exaltado; referia-se àquela sua misteriosa conversa com o cavalheiro desconhecido, como para disfarçar um propósito que, no entanto, causava um bem curioso efeito: aquele de fazer-lhe ver, a si próprio, sua exaltação mascarada por calma, e de fazê-lo sentir ora remorsos, ora aborrecimento, diante daquela nua franqueza, ante a emoção forte e muda do filho, que sofria com o pranto da mãe e a encorajava mais com carinhos do que com palavras.

* * *

Foi, infelizmente, tal como previra Sarri, um desespero inútil.

Após acompanhar os pais até ao hotel, Marino Lerna precisou correr logo para a caserna, onde ficou retido até ao meio-dia. E mal acabou ali, no próprio quarto do hotel, o almoço (porque sua mãe, com aqueles olhos desfeitos pelo pranto, não pôde ir ao restaurante, nem mais se agüentava nas pernas) e mal terminou a refeição, precisou de novo correr, apressadamente, para a caserna, para as derradeiras instruções. E assim o pai e a mãe somente puderam revê-lo alguns momentos antes de partir.

Mas um belo sermão, um sermão longo e arrazoado, experimentou o pai fazer à mulher, quando ficaram a sós. Coisas peregrinas lhe disse naquela conversa, experimentando, freqüentemente, engolir e passar a mãozinha trêmula sobre os lábios: que não devia chorar assim, porque não era realmente certo que Rinuccio... Deus o livre... os casos podiam ser tantos... o regimento, por enquanto, podia também ficar na segunda linha, pois se encontrava na vanguarda, como diziam, desde os primeiros dias da guerra... e depois, se todos os soldados que iam para a guerra morressem, adeus... era mais fácil que ficassem feridos... algum ferimentozinho leve... num braço, por exemplo... Deus olharia por ele, pelo filho de ambos... por que então agourar assim, com tamanho pranto? Ah... ah... ao vê-la chorar assim, Rinuccio ficaria impressionado; certamente que ficaria impressionado.

Mas a mãe alegava que não era ela. Os olhos... os olhos... que podia ela fazer? Pelo sentimento que lhe incutiam todas as palavras, todos os gestos do filho: uma sensação estranha e cruel, de saudade.

— Cada palavra, compreende? Produz-me o efeito de que não ma está dizendo agora, mas que *ma dissera...* Assim! Fica-me impressa, como se ele não mais existisse... Que posso fazer? Deus, Deus...

— E não é agourar, isso?

— Não! que está dizendo!

— Digo que é jetatura! E eu ficarei a rir, vai ver como ficarei rindo quando ele partir.

Se continuassem assim mais um pouco, acabariam brigando. Já havia a aguda, fustigante impaciência pelo atraso do filho. Mas Deus, como não compreendiam os superiores que aqueles últimos momentos deviam ser reservados a uma pobre mãe e a um pobre pai?

A impaciência transformou-se em insuportável nervosismo, quando todos os companheiros de Marino começaram a chegar aos grupos e a toda a pressa ao hotel, com as carruagens que paravam ali à frente para levar as bagagens e seguir logo para a estação. Eis que o ordenança de um já levava consigo a mala; o ordenança de outro a mochila, o capote, a espada; e todos saíam a correr, subindo no carro e tocando logo a grande galope.

Marino, saído por último da caserna, correra a ir buscar um par de sapatos com pregos, de campanha, encomendados na véspera; e por isso se atrasara.

Mais que uma operação, foi uma dilaceração, uma fúria, um precipício. Havia, ainda, o risco de perder o trem. De fato, chegou, com o pai e a mãe, à estação, quando já fechavam as portinholas dos vagões: entrou num, do qual os companheiros se esfalfavam em chamá-lo; e no mesmo instante o trem partiu, entre um alarido de gritos, de prantos, de augúrios, entre um esvoaçar de lenços e gestos de mãos e de chapéus.

Quando o senhor Lerna, que agitara o seu até ao último instante, mas sem nenhuma convicção, quase irritado porque não lhe fora dado tempo para fazê-lo bem, voltou-se, ainda meio zangado, procurando a mulher a seu lado, não mais a encontrou: tinham-na levado, desmaiada, para a sala de espera.

* * *

Uma grande calma, agora, na estação. Não havia ali mais ninguém. Apenas, no vazio deslumbrante da longa e fatigante tarde de verão, os trilhos brilhantes, e um contínuo e ininterrupto estridular de cigarras.

Todas as carruagens já haviam reconduzido à cidade as pessoas que tinham ido despedir-se dos parentes; e não se encontrou mais nenhuma no pátio da estação, quando a mãe de Marino Lerna, já tendo recuperado os sentidos, ficou em condições de ser levada para o hotel.

O guarda-sala, condoído, ofereceu-se para ir à garagem mais próxima para mandar vir o ônibus, que já devia estar de volta.

Ao último momento, quando a senhora, amparada, quase carregada, ali já havia tomado lugar, e o ônibus estava prestes a partir, chegou apressadíssima uma jovem loura, saída não se sabe de onde, com um grande chapéu de palha, ornamentado de rosas, na cabeça, muito decotada e bizarramente trajada; olhos e lábios pintados; mas que também chorava perdidamente.

Uma bela jovem.

Trazia numa das mãos, todo amarfanhado, um pequenino lenço de seda azul, bordado; e a outra, cintilante de anéis, sobre a face direita, como para ocultar a vermelhidão e o ardor de uma valente bofetada.

Era Nini, que o subtenente Sarri trouxera de Roma, três dias antes.

O pai de Marino Lerna compreendeu logo de que espécie era aquela lourinha. Não o compreendeu a mãe que, ao ver diante de si outra mulher que chorava tanto quanto ela, não pôde conter-se e perguntou:

— A senhora é esposa?

A outra, com seu lencinho de boneca nos olhos, acenou logo que não, com a cabeça.

— Irmã? — insistiu a mãe.

Mas, neste ponto, interveio o marido, com o cotovelo, para fazer, disfarçadamente, um sinal à esposa.

A moça percebeu talvez o sinal; e compreendeu, de qualquer modo, que o equívoco daquela velha senhora a seu respeito não poderia demorar muito e não respondeu.

Mas outra coisa, ainda mais triste, compreendeu, enquanto continuava a chorar. Compreendeu que ela, agora, impedia àquela velha mãe de chorar, porque aquela velha mãe, agora, sentia pejo em confundir suas lágrimas com as dela.

Eram lágrimas, no entanto, também as suas; e lágrimas de uma dor muito mais rara do que aquela tão comum e natural de uma mãe.

Nini não tinha sido somente de Sarri, ultimamente, em Roma, tinha sido também de outros companheiros dele, naquele pelotão de aspirantes; e quem sabe, talvez também daquele, pelo qual aquela velha mãe agora chorava.

Ao meio-dia, estivera à mesa com eles, com dez deles. Uma mesa dos diabos. Tinham-lhe pregado peças de todos os naipes, e ela os deixara fazer, para que desabafassem como tantos loucos, aqueles pobres rapazes prestes a partirem para a guerra. Tinham querido, até, descobrir-lhe o seio, ali, à vista de todos, no restaurante, porque era famoso entre eles, aquele seu pequenino seio, quase ainda virginal, de bicos eretos; e tinham-no querido batizar, malucos, com champanha; e ela os deixara agir, tocar, beijar, espremer, apertar, puxar, para que a levassem consigo, bem viva, lá para cima, aquela última recordação de sua carne de amor; lá em cima, onde talvez, a um por um, todos aqueles belos rapazes de vinte anos morressem amanhã. Tinha rido tanto com eles, e depois, sim, Deus meu... beijara-os pela última vez... Mas lhe viera de parte de Sarri aquela terrível bofetada na face direita. E não, não: não o levara a mal.

Ora, bem que poderia tê-la deixado chorar, sem ofender-se, aquela pobre velha mãe! Deixá-la chorar, certamente; mas agora aquela pobre mãe, que tinha muito mais necessidade, não mais chorava.

E então, eis que ela se esforçou para conter suas lágrimas, a fim de deixar que corressem aquelas da mãe. Mas em vão. Quanto mais se esforçava em contê-las, quanto mais impetuosas elas lhe jorravam dos olhos, impelidas também pelo cruel motivo por que procurava impedir-lhes o desabafo. E afinal, angustiada, não mais resistindo, descobriu o rosto, prorrompeu em soluços, gemendo:

— Por caridade... por caridade... não posso contê-las, minha senhora... Este meu pranto... Posso chorar eu também, minha senhora... As suas são pelo seu filho... e eu... não pelo seu filho propriamente... mas por um que partiu com ele, e que ainda me espancou, porque eu chorava...

A senhora, por um só... eu, por todos... posso chorar por todos... também pelo seu filho, minha senhora... por todos... por todos...

E voltou a ocultar o rosto, não resistindo ao duro cenho daquela mãe, que agora estava a mirá-la com o rancoroso ciúme que sentem todas as mães por mulheres como essas.

Demasiada dor sentira a mãe, ao partir o filho. E agora sentia necessidade de um pouco de trégua e de silêncio. A outra não só a perturbava, mas também a ofendia. O pensamento de que o filho não estaria exposto ao perigo antes de dois dias, concedia-lhe tal trégua. Ela podia, então, ser dura; e foi dura. Por sorte que o trajeto da estação à cidade era curto. Mal chegou, desceu do ônibus sem sequer dirigir um olhar àquela outra.

No dia seguinte a senhora Lerna, durante a viagem de regresso, na estação de Febriano, enquanto estava à janelinha de um carro de primeira classe, reviu a moça, que procurava, às carreiras, um lugar no trem. Estava em companhia de um rapaz; trazia entre os braços um feixe de flores, e ria.

A senhora Lerna virou-se para o marido e disse bem alto, para que a moça ouvisse:

— Oh, veja ali, aquela que chorava por todos!

A rapariga voltou-se, sem ira, sem indignação:

— Pobre mãe, boa e estúpida — disse-lhe, com o olhar. — E não compreende que a vida é assim? Ontem, chorei por um. É preciso que, hoje, eu ria por este outro.

Música antiga

Diante do espelho, toda atrapalhada entre tantos vidros, pomadas, lápis, a senhorita Milla acabara de ajeitar os cabelos, quando ouviu soar a campainha da porta da rua.

— Ih, que fúria!

E correu para fechar a porta do quarto, que dava para a saleta de entrada. Mal a fechou, abriu de novo e, pela fresta, disse devagarinho à criadinha, que acudira para atender:

— Deixe entrar, Tilde. E diga-lhe que espere um momentinho.

Voltando de novo ao espelho, sorriu para a sua imagem.

Um pouco de sangue lhe afluíra às faces; nada, em confronto com as outras vezes, quando elas ficavam em fogo; mas mesmo aquele pouco, agora, reanimava-lhe todo o rostinho fanado de velha boneca de olhos muito grandes e nariz pequeno demais.

E, no rosto assim reanimado, não lhe ficara, bem na testa, aquela pequena mecha de cabelos brancos, parecendo querer exibir-se? A senhorita Milla ergueu a mão para acariciá-la com o pente. O gesto, porém, ficou em meio.

Quem estaria falando na saleta de entrada?

Não podia ser *ele*, por certo. Quando ele entrava, tremia o soalho.

Pouco depois, Tilde, com a touquinha na cabeça e o aventalzinho branco sobre o vestido negro, veio trazer-lhe um cartão de visita. A senhorita Milla leu nele um nome desconhecido: *Maestro Icílio Saporini*, e olhou carrancuda para a empregadinha:

— Quem é?

— Um velhinho pequeno, pequeno, limpinho, limpinho.

— Um velhinho? E que deseja? — voltou a perguntar a senhorita Milla, aborrecida. — Mas não sabe que devo sair com o senhor Bégler? Pensei que fosse ele. E agora, que fazer?

— Posso dizer-lho...

— Que quer mais dizer-lhe, agora? Quem é? Que quer de mim?

— Mah! — exclamou Tilde, dando de ombros. — Fala tão engraçado... parece uma vozinha de mosquito... Perguntou-me se morava aqui a senhora Margarida.

— Mamãe? — perguntou, com um estremecimento, a senhorita Milla.

— Sim, e se ainda estava viva — respondeu Tilde. — Eu lhe disse que...

Um novo toque de campainha, desta vez mais forte, truncou a resposta.

— Esse é ele! — exclamou impensadamente a senhorita Milla; depois, emendou: — O senhor Bégler!

A criadinha sorriu de esguelha. A senhorita Milla fechou a porta. Pouco depois, do piano da saleta, subiu uma tempestade fragorosa de notas: o sinal ansioso de *Isolda*, no segundo ato do *Tristão*. O senhor Bégler chamava-a sempre assim.

Foi atender. Oh, Deus... não, devagar, devagar! — Mas que devagar! Saltando do banquinho do piano, o senhor Bégler voou ao encontro dela, de braços para o ar, gordo, mãos grandes e vermelhas, o chapelão ainda na cabeça, amarrotado e atirado para a nuca. Das abas largas, surgia, redondo e hirto, de pêlos avermelhados, o rosto gorduroso, congestionado, onde sorriam impudentes os olhos.

— E o chapéu? Sem chapéu? Já o chapéu!

A senhorita Milla estendeu as mãos à guisa de defesa, sorrindo, e, na penumbra da saleta, onde, além do piano, havia outros instrumentos de corda e várias estantes de música, acenou para o outro visitante, do qual o senhor Bégler ainda não se apercebera.

O maestro Icílio Saporini estava todo encolhido, pequeno, alisando, com a mão ainda enluvada, que nem parecia estar assim, a rala cabeleira prateada.

— O maestro... o maestro... — disse a senhorita Milla, não mais se recordando do nome, para fazer as apresentações.

— Saporini... Icílio... — sugeriu o velhinho em duas fases, com um fio de voz e fazendo uma reverência.

Mas o Bégler:

— *Nein, nein!* — disse esboçando o gesto de tirar o chapéu. — *Nein, ein!* Opricato, minha pela! Nata à fontade eu, fou emporra! Não quero perter conzerto por fissita este senhorr! Opricato, pela minha. Encantato, encantato, senhorrr!

E, curvando-se duas vezes, desajeitadamente, saiu feito um furacão, tal qual entrara.

A senhorita Milla, conhecendo-lhe a fúria, nem tentou contê-lo; mortificada, contrariada, aflita, olhou para o velhinho, o qual, tendo chegado, assim por acaso, ao saber que ela devia ir a um concerto com aquele senhor, começou a contorcer-se todo, feito um cãozinho, pedindo que fosse; por caridade, ele não se perdoaria, do contrário, ter aparecido numa ocasião tão pouco oportuna.

— Vamos, vamos, ponha o chapeuzinho. Alcançaremos o cavalheiro, com um carro. Eu a acompanharei até o salão. Faça-me este favor, por piedade!

— Mas eu desejaria saber, antes...

— Depois, depois...

— O senhor perguntou por mamãe — disse a senhorita Milla. — Mas mamãe não existe mais!

— Eh, eu... eu já o imaginava — gaguejou o velhinho. — Não deveria existir mais nem eu, na verdade, nem eu... Oitenta e um anos!

— Oitenta e um? — exclamou a senhorita Milla. — Mamãe morreu faz seis anos.

E erguendo a mão para indicar o retrato pendurado na parede:

— Ei-la ali.

O maestro Icílio Saporini levantou os olhinhos, que quase sumiam entre as pálpebras, e permaneceu longo tempo a admirar aquele retrato de velha entoucada, que, evidentemente, nada lhe dizia, e, com um sorriso aflito, começou a balbuciar:

— Não me... não... não me... Essa não... eh!... eu, sabe? eu... não, não.

Assim gaguejando, com dois dedos ia puxando o colarinho, como se de súbito sentisse que se fechava a garganta. Engoliu em seco e prosseguiu:

— A senhora, a senhora antes, sim, a senhora... recorda-ma... recorda-ma quando era viva.

— Eu? Justamente eu? — perguntou admirada a senhorita Milla. — Mas não, sabe! Eu não me pareço em nada com mamãe... Mas que...

O velhinho sacudiu um dedo.

— Não pode sabê-lo — murmurou. — A senhora olha para os traços... Mas e a luz dos olhos?... os gestos?... o sorriso?... a voz?... Eu conheci sua mãe em outros tempos, muito antes que a senhorita, em outros tempos bem melhores! E a senhorita não pode... não pode compreender aquilo que eu sinto em...

Não pôde continuar; puxou um lenço e levou-o aos olhos. Foi um instante. Reanimou-se logo e obrigou de novo a senhorita Milla a apanhar de novo, e a pôr o chapeuzinho para chegar a tempo ao concerto. No carro, ele lhe contaria quem era.

Contaria o quê? A senhorita Milla pôde entender bem pouco, naquele dia; e atribuiu isso à sua ânsia de chegar ao concerto, à debilíssima voz do velhinho, ao ruído da carruagem. Mas depois? De outras notícias ouvidas descansadamente, no silêncio da saleta, com a maior boa vontade, não conseguiu jamais recompor claramente a história (que desejava parecer bastante aventurosa e cheia de estranhas peripécias) daquele velhinho. O qual, começando de novo a falar de si, parecia não saber de que parte começar, como se sentisse muito distante, e, para chegar a explicar quem era, devesse palmilhar um caminho infinito, através de estradas remotíssimas, intricadas, cheias de tropeços, de sebes e por entre uma grande multidão, que o puxava daqui e dali e barrava-lhe o passo, incessantemente.

— Eh, mas depois... — suspirava — depois, havia, certamente... e quando eu... sim, porque aquele outro, como se chamava? aquele outro... não, realmente, não foi ele, foi outro ainda, antes que...

Confundia-se, atrapalhava-se, entre tantos minuciosos pormenores, citando nomes desconhecidos, lugares desaparecidos ou mudados, testemunhos de coisas mortas, que acompanhava com exclamações, sorrisos e gestos, como se aos poucos fosse enxergando e tocando tudo quanto dizia, ou melhor, que sussurrava.

Uma coisa era certa: estava com oitenta e um anos; fazia pouco mais de vinte, ou seja, em 1849, à queda da República, que abandonara Roma e a Itália, e ali retornava agora, depois de cerca de sessenta anos passados na América, em Nova York.

Timbrava bastante em fazer compreender que se comprometera, então, um pouco demais nos movimentos revolucionários... Eh, sim, depois da reviravolta vergonhosa!

— Reviravolta de quem?

— Como de quem? Mas de Pio IX, santo Deus!

A senhorita Milla olhava-o com olhos de boneca, esbugalhados. Ouvindo recordar tantos fatos, e personagens, todos assim, cada um mais "famoso" que o outro, percebera que era realmente deplorável sua ignorância em história contemporânea. E talvez por isso não conseguia compreender como e por que se comprometera o maestro Icílio Saporini.

Havia no meio disso música, sem dúvida alguma: um certo hino patriótico. E estava também envolvido um certo tio Nando. Seguramente. Um tio Nando, que regressara a Roma em 1846, depois do famoso edito...

Outro arregalamento de olhos da senhorita Milla. Que edito? Mas o do perdão, que diabo!

o famoso edito do perdão, com o qual Pio IX, entre tantos delírios de entusiasmo, dera início ao seu reinado, concedendo ampla anistia a todos os condenados e exilados políticos do Estado Pontifício.

— E também ao tio Nando?

— Também ao tio Nando, certamente!

Agora, em casa desse tio Nando, parecia que se reuniam os mais fervorosos patriotas da época. O mal era que o maestro Icílio Saporini chamava tais patriotas fervorosos pelos nomes. Dizia:

— Pedro... eh, Pedro... valente médico, valente poeta...

Quem fosse esse Pedro, valente médico, valente poeta, a senhorita Milla demorava muito para compreender. Mas Pedro Sterbini, santo Deus! O doutor Pedro Sterbini, aquele da famosa conspiração contra Pellegrino Rossi!

— Eis, sim... foi *Pescetto* quem lhe deu primeiro um empurrão, um simples empurrão, que no vestíbulo da chancelaria, *Pescetto*, isto é... como era mesmo seu nome? Filipe... não, Pippo era outro da conspiração... Ah, sim, Pippo!... Pippo Trintaenove... *Pescetto* chamava-se Antônio Ranucci. Sim, é isso mesmo! Antônio, um empurrão; e *Giggi*, Luigi Brunetto, filho de Ciceruacchio, primeiro um murro na cara e depois, uma punhalada na garganta... Mas quem os levantara, na noite de 14, na taberna do Fornaio, em Ripetta? Ele, Pedro, Pedro Sterbini;

quando a polícia esperava o golpe de parte daqueles da ladeira de Marfório, conspiradores de fancaria, os irmãos Facciotti, Genaro Bomba, Salvati e Toucher, que era um espião. Mas eram todos... sabe? como tantas girândolas preparadas, eram; e ele, Pedro... Pedro era o estopim, que as incendiava todas.

Assim narrava o maestro Icílio Saporini, com sua vozinha de mosquito. E aquele Pedro entrava em todas as histórias. A senhorita Milla tinha já a impressão de que poderia apertar a mão de Pedro e mandá-lo sentar ali, numa poltrona da saleta.

Nem precisaria explicar, era devido a Pedro a única e bem clara causa por que o maestro Saporini ficara comprometido nos negócios políticos de 1846 a 1849. Sim, porque a Pedro, no famoso transcurso do 21 de abril de 1846, natal de Roma, por ocasião de uma famosa festa nas Termas de Tito, no Esquilino, para homenagear o divino Pio IX, exaltado então como segundo fundador da eterna cidade, Pedro, valente médico, valente poeta, compusera belíssimo hino, breve, de duas pequenas estrofes, com um estribilho:

Eri caduta; levati,
Madre di tanti eroi... [1]

---

[1] Tinha caído; levanta-te,
Mãe de tantos heróis... (N.T.)

O maestro Icílio Saporini recordava-se ainda, palavra por palavra! E o estribilho:

Tu vivi in Campidoglio,
Tu sei regina ancora.[2]

Basta: ele (Pedro) fora ler aquele seu hino, em casa de tio Nando, poucos dias antes.

Dizia (sempre ele, Pedro):

— Você, Icílio, seria capaz de musicá-lo? Cantá-lo-ão os estudantes.

O maestro Icílio Saporini tinha, então, dezoito anos; não recebera ainda o diploma da academia; mas aquele sentimento... ah, como lhe cantava na alma inteira, naqueles dias! Entregara-se à tarefa e, em uma noite apenas, escreveu-lhe a música.

Eis então que Pedro... uma verdadeira traição! Disse:

— Meu filho, Magazzari, o maestro Magazzari ofereceu-se para escrever a música!

E, no dia 21 de abril, nas Termas de Tito, sobre o Esquilino, na presença de oitocentos convidados, foi executado o hino de autoria do Magazzari.

Mas então? Ainda se admitindo que se pudesse considerar sério compromisso político ter musicado um hino, quando ainda Pio IX se alegrava com as hosanas dos liberais, Magazzari, este sim,

---

[2] Tu vives no Campidoglio,
Tu és rainha ainda (N.T.)

podia estar comprometido, nunca ele... Mas! A senhorita Milla não entendeu muito a coisa.

Do maestro Magazzari ela ouvira falar muitas vezes, pela mãe, que até aos últimos anos conservara a memória de todos os fatos e dos homens, especialmente no mundo musical romano de outrora: o nome do maestro Icílio Saporini jamais tinha saído dos lábios da mãe. E então, aos olhos da senhorita Milla, ele permanecia não só na Roma do presente, um deslocado que não conseguia encontrar lugar; mas também no passado, naquele mundo de outrora, tal como, através de notícias e das memórias da mãe, ela o imaginara! nem mesmo naquele mundo ela conseguira encontrar-lhe lugar, certamente, porque ele não soubera insinuar-se nem no coração nem na memória de sua mãe. Como nada era agora, nada, por certo, tinha sido também então.

Para falar a verdade, Saporini não contava vantagem. Uma pontinha de inveja e ciúme ele demonstrava ainda por Magazzari; e, solicitado insistentemente pela senhorita Milla, esboçou ao piano uma frase... não inteira, do famoso hino... a frase que acompanhava os dois versos da segunda pequena estrofe de Pedro:

A te lo scettro, il soglio,
A te l'eterno allor... [3]

---

[3] A ti o cetro, o sólio,
A ti o eterno louro... (N.T.)

Mas somente para fazer-lhe ver quanto era mais solene, mais majestosa, mais inspirada do que aquela do Magazzari. E basta.

Que havia feito, então, lá na América, durante sessenta anos a fio? Ah, por aquela cabeleira prateada, era fácil adivinhar! Maestro de música italiana, como todos os senhores forasteiros consideram os italianos, fora sua profissão! Isto é, um que toque em acordes da guitarra, guedelhudo e olhos embevecidos, a antiga e já por nós esquecida cançoneta de *Santa Luzia:*

Sul mare luccica
l'astro d'argento... [4]

E, a julgar pela aparência, a profissão de maestro de música italiana não devia render muito; o maestro Icílio Saporini devia ter guardado uma discreta quantia, com a qual teria podido concretizar o sonho, quem sabe quantas vezes alimentado, de vir cerrar os olhos na pátria. Mas talvez, pobre velhinho, imaginara encontrar Roma tal qual a deixara em 1849.

Roma, a sua Roma, aquela que vivia nele, em suas recordações, havia, ao invés, desaparecido; desaparecidos, mortos, todos os conhecidos de sua geração.

Chegando de longe, de muito longe, não se iludia certamente de poder encontrar-se diante de outra distância inatingível: aquela do tempo.

---

[4] No mar, brilha
O astro de prata... (N.T.)

Aonde chegara?

Da Roma de hoje àquela de sua juventude, quanto caminho!

E pusera-se a trilhar, mal chegara, por este caminho, recuando, com a alma plena de angústia, a procurar na Roma de hoje os vestígios da vida antiga.

Agora, passando pela rua do Governo Velho, lembrara-se de que ali morava o maestro Rigucci, no número 47, o maestro Rigucci da academia, que tinha uma filha tão formosa, Margarida, exímia tocadora de harpa... Quem sabe! Poderia ainda estar viva! Mas seria possível que ainda morasse na mesma casa? Era já uma sorte ter reencontrado, na velha rua, ainda de pé, a casa. Não só as casas, mas também tantas e tantas ruas tinham desaparecido! Subira a escada somente pelo prazer de repor os pés naqueles degraus da velha escada, úmida, escura. No patamar do segundo andar, ele estacara e, olhando pela porta do meio... ah, que tranco lhe dera no peito o coração! A velha placa oval, de cobre, que trazia o nome de *Rigucci*, estava ainda ali, debaixo de outra, menos velha, com o nome de *Donnetti*. Então estava ainda ali? ah, ele, o maestro, não por certo; ela, porém, Margarida? E puxara o cordão da campainha.

Ei-la ali, Margarida, a rapariga tão, tão bela, exímia tocadora de harpa: aquela velhinha entoucada, ressequida, no retrato...

Mas que tinha sido para ele, um dia, aquela velhinha?

A senhorita Milla via o maestro Icílio Saporini comover-se até às lágrimas, ao olhar para aquele retrato, todavia, julgou poder deduzir que sua mãe, quando jovem, não tinha sido para ele nada mais, a não ser a filha do professor Rigucci, da academia. Quem sabe, sim, ele havia estado algumas vezes na casa de vovô, porque ouvira sempre falar que muitos músicos ali se reuniam; ouvira também falar das *famosas noitadas musicais* que ali se realizavam, em honra dos mais célebres maestros da época; das fervorosas simpatias de que gozava Margarida Rigucci, então mocinha e belíssima. Talvez ele também, jovem estudante, apaixonara-se pela filha do professor, quem sabe? mas enamorado por sua própria conta, sem deixar qualquer recordação, nem mesmo do nome, nela.

A emoção explicava-se assim, com certeza: que naquela casa, finalmente, depois de tantos dias de infrutífera e amarga pesquisa, o pobre velhinho conseguira localizar um vestígio da vida antiga, um lugarzinho onde sentar, depois de tanta caminhada, sem sentir-se de todo estranho.

Mas o prazer de haver reencontrado aquele lugarzinho, aquele cantinho de recordações, começou em breve a ser-lhe amargurado por aquele piano, pelos outros instrumentos musicais, que o entonteciam, que o irritavam mesmo, com certos sopros, sons de metal, iras de Deus, que deslumbravam todos aqueles cavalheiros, estrangeiros na maior parte, que se reuniam na velha saleta do maestro Rigucci, do maestro Rigucci adorador de Rossini! E, mais do que todos, deixavam entusiasmada a senhorita Milla Donnetti, a neta do maestro Rigucci, a filha de Margarida Donnetti-Rigucci!

Não dizia nada, mas lhe parecia uma autêntica profanação aquela música, ali na saleta, que ainda ressoava das divinas melodias da mais legítima música italiana. Não dizia nada, tornava-se até menor do que era, ali na cadeira, e, de quando em quando, levantava a mãozinha enluvada para esfregar a nuca, atrás da cabeleira, e erguia o olhar para o retrato da sua velha Margarida.

A senhorita Milla olhava-o com o rabo dos olhos e continha a custo uma risada. Uma noite, sentou-se-lhe ao lado e perguntou-lhe:

— Não gosta? Não se diverte?

— Digo a verdade — respondeu-lhe baixinho, com um leve sorriso —, eu... eu olho ali... aquela minha velhinha...

— Já o percebi!

— Sim? Miro-a e... ouço cantar Rosina, do *Barbeiro*, ou cantar Anina...

— Mas não sabe? — disse-lhe então a senhorita Milla. — Mamãe, com o decorrer dos anos, tinha... evoluído, convertera-se, eh, sim! convertera-se à música nova.

— A esta? — perguntou o velhinho, tão espantado que a senhorita Milla desta feita não conseguiu conter a risada.

— Traição...

— Mas... veja... desculpe... — tartamudeou ele, todo embaraçado. — Compreendo, compreendo que possa causar prazer a esses senhores estrangeiros: é música deles; eles a sentem assim, *amém*! Mas nós? Temos a nossa, as nossas glórias: Paisiello, Pergolesi, Rossini, Bellini, Donizetti, Verdi...

Aquele furacão do senhor Bégler, ao qual, na manhã seguinte, a senhorita Milla transmitiu as amargas observações do velhinho, quando foi, à noite, para fazer-lhe um gracejo à sua maneira, de acordo com os amigos que compunham aquele quarteto, interrompeu a um certo ponto, não sei que lânguida bruxaria de Tchaikowsky, que parecia o pesadelo de um doente que tivesse os cachorros no corpo, deixou o violoncelo, saltou para o piano e atacou, furiosamente, a ária do *Rigoletto: "Questa ou quella per me pari sono."*

Todos desataram a rir. O maestro Icílio Saporini olhou em torno de si a princípio espantado, depois empalideceu: talvez teria conseguido dominar sua emoção, se Bégler, virando de súbito no banco giratório do piano, não tivesse gritado a todos quantos riam:

— Mas por quê? Mas pelíssima música te persalherri esta! Pelíssima! Pelíssima!

— A música de Verdi, música de Bersaglieri? — explodiu então o velhinho, pulando de pé, todo fremente de indignação em seu débil e pequeno físico. — Mas eu, então, tenho a honra de declarar que o senhor, meu caro maestro, não entende de nada! Que o senhor não tem... não tem...

E com a mão, porque a voz lhe faltou, começou a bater no peito, no lado do coração.

— Desejaria ter vinte anos menos — disse depois, mostrando os dedos das mãozinhas, que lhe tremiam —, para fazer-lhes ouvir a verdadeira música...

— Com *piroli*? — perguntou Bégler. — Aqui, aqui, fenha cá, pela minha...

E foi arrancar da cadeira a senhorita Milla; fê-la sentar-se à força ao piano, e ordenou-lhe:

— Toque música sua... tota música sua... eu aposto que porá em tota música sua o *piroli*!

E deu com três dedos umas pancadinhas no teclado do piano, nas primas.

— Assim!

Riram todos, novamente. O maestro Icílio Saporini esperou por um átimo que a senhorita Milla, a neta do maestro Rigucci, não se prestasse àquele indigno gracejo. Felicíssima, ao invés, a senhorita Milla passou a tocar este ou aquele trecho de óperas italianas mais famosas; e parecia que escolhesse de propósito aqueles em que mais facilmente aquele tudesco do inferno nele pudesse encaixar o seu *piroli*. E a cada vez, uma nova explosão de risos. *Mira, o' Norma,* piroli... *aos teus pés*, piroli.

O velhinho precisou ainda fazer sobre si mesmo um tremendo esforço para não fugir dali; fingiu rir também ele, para que não dissessem que se zangara com a brincadeira; compareceu ainda mais algumas noites, pontual, às reuniões em casa da senhorita Donnetti; depois foi espaçando suas visitas, com o pretexto da idade, do rigor da estação; e, finalmente, não mais se o viu.

Ora, um dia, a senhorita Milla, remexendo entre os velhos guardados da mãe, descobriu uma velha folha de música amarelecida, amassada, escrita a mão; julgou, a princípio, que fosse algum rascunho do avô, e atirou-a de lado; terminada a busca, repôs na prateleira todo o maço de papéis; mas aquela folha... como assim? ei-la ali de novo. Parecia que desejara ficar para fora. Observou-a melhor, e qual não foi sua surpresa ao encontrar nela uma pequena ária do maestro Icílio Saporini, então ainda, talvez, não maestro, uma pequena ária dedicada à mamãe, *à divina Margarida Rigucci*, sobre os tênues versos de Metastásio!

Nelle luci
Tue divine
Pace alfine
Trova il cor...[5]

Correu ao piano e leu-a. Oh, não era nada: fraquinha, pretensiozinha; mas, no entanto,

---

[5] Nas luzes
Tuas divinas
Paz enfim
Encontra o coração... (N.T.)

com certas queridas ingenuidades, que faziam rir e comover ao mesmo tempo. Talvez sua mãe a cantara, quando moça, aquela ariazinha. Experimentou cantarolá-la também:

Nelle luci... nelle luci...
Nelle luci tue divine
Pace alfine
Pace alfine
Pace alfine trova il cor...

No mesmo dia, mandou Tilde em busca de notícias do velhinho. Ele lhe dissera que, depois de uma longa procura, encontrara finalmente um quarto em uma velha casa da rua Cestari, e lhe descrevera minuciosamente o aposento, a dona da casa, que tinha quase sua idade, os móveis antigos, um pianinho na sala ao lado, ainda bom para se tocar... a música velha, pelo menos.

Tilde, ao regressar, comunicou-lhe que o velhinho estava enfermo e que já fazia várias semanas que não mais saía de casa. A senhorita Milla resolveu ir visitá-lo; pensou nisso oito dias seguidos; mas, infelizmente, não encontrou jamais um bocadinho de tempo. Mandou lá, outra vez, Tilde, depois dos oito dias; e Tilde, desta vez, veio dizer-lhe que o pobre velhinho estava mesmo prestes a ir desta para melhor.

Naquele dia, havia a visita do senhor Bégler; mas assim mesmo a senhorita Milla comoveu-se com a notícia. Na emoção, surgiu-lhe um pensamento gentil, e transmitiu-o ao senhor Bégler. O senhor Bégler, com aquela bocarra sempre em atitude de perpétuo sorriso indecifrável e mudo, aprovou a idéia. E foram, juntos, à casa do velhinho; mas nem um nem outra entraram no quarto, onde ele jazia, quase inerte e como que de cera, sobre os travesseiros; detiveram-se na sala onde estava o pianinho. Margarida pousou na estante aquela folha de música amarelecida, e começou a cantar, bem devagarinho, aquela ária antiga, quase com voz que parecia vir de muito distante:

Nas luzes
Tuas divinas
Paz afinal
Encontra o coração...

O maestro Icílio Saporini, aos primeiros acordes, descerrou os olhos, olhou para a velha senhoria, que estava sentada atenta aos pés do leito. Teria reconhecido sua ariazinha de outrora? Talvez não. Mas a voz... aquela voz...

Murmurou algo, com os olhos velados de lágrimas. Talvez um nome:

— Margarida.

Subitamente, enquanto a voz, do outro lado, continuava a modular, suavemente: *Nas luzes... nas luzes tuas divinas... paz enfim... paz enfim... paz enfim encontra o coração...* surgiu estridente, nas primas, um zombeteiro PIROLI.

O velho teve um estremeção; como que ferido, deixou tombar de novo a cabeça, que mal soerguera dos travesseiros, atraído pelo canto. E nunca mais a levantou.

O autor e sua obra

O italiano Luigi Pirandello (1867-1936) é um dos escritores mais representativos da literatura moderna. Além da fama alcançada como dramaturgo — em peças inovadoras como *Seis personagens à procura de um autor*, *Esta noite se improvisa*, *Henrique IV*, *Assim é se lhe parece* — também ficou conhecido pelos seus romances — *O falecido Mattia Pascal*, *Os velhos e os jovens*, *A excluída*, *Um, nenhum, cem mil* — e pelo conjunto de cerca de 300 contos reunidos em *Novelle per un anno*, que inclui "O marido de minha mulher". Com profundo senso de humor e grande originalidade, Pirandello expõe o ridículo das situações cotidianas, em histórias povoadas de personagens tomados por pequenas e grandes angústias: "Cada qual se veste com a sua dignidade por fora", escreveu, "mas sabe muito bem tudo de inconfessável que se passa no seu íntimo".

O pai de Luigi Pirandello, Stefano, foi um aventureiro que lutou com Garibaldi na campanha pela unificação italiana. Quando uma epidemia de cólera eclodiu em Agrigento, ele enviou a mulher para a aldeia de Chaos, onde

Luigi nasceu. Pirandello iniciou seus estudos em Palermo, freqüentando uma escola técnica na adolescência. Um fato o marcou nesse período: ao descobrir uma aventura amorosa de seu pai, decidiu não mais lhe dirigir a palavra — não por acaso, o adultério aparece no enredo da maioria dos contos deste volume. Quando a família voltou a viver em Agriento, Luigi ficou em Palermo, onde se apaixonou por Lina, irmã de um colega, quatro anos mais velha que ele. Os dois chegaram a ficar noivos, mas Stefano o proibiu de se casar antes de terminar os estudos. Em 1888, Luigi se mudou para a capital, ingressando no curso de Letras da Universidade de Roma. Rompido o noivado com Lina em 1893, Luigi recebeu uma carta do pai, recomendando que se casasse com Maria Antonietta, filha de um milionário a quem se associara. O casamento aconteceu no ano seguinte.

O dote de Antonietta foi aplicado pelo pai do escritor numa mina de enxofre, e seus rendimentos permitiram que o casal tivesse uma vida folgada por algum tempo, com seus três filhos. Mas em 1897 uma inundação destruiu a mina, causando a ruína financeira de Luigi — que chegou a cogitar o suicídio. A falência também seria desastrosa por outro aspecto: Antonietta passou a apresentar sinais de desequilíbrio mental, além de ciúmes doentios. Luigi viveria ao seu lado até 1919, data em que ela foi definitivamente internada, após incontáveis crises.

Após a ruína, Pirandello passou a ganhar a vida como professor de literatura, dando aulas particulares. Complementava a vida, modesta, com a atividade literária. Movido pela percepção de um mundo em dissolução — e pela esperança equivocada numa reconstrução — aderiu em 1924 ao Partido Fascista, tornando-se, em 1929, um dos primeiros membros da Academia da Itália, fundada por Mussolini.

A obra de Pirandello reflete os traumas causados pela relação difícil com o pai e pela loucura da mulher — o que se reflete nas alterações de personalidade de muitos de seus personagens. O conflito entre o indivíduo e as convenções sociais restritivas do mundo, e a diluição de fronteiras entre a fantasia e a realidade são temas recorrentes em suas peças e em seus trabalhos em prosa. Pirandello recebeu o Prêmio Nobel de Literatura em 1934. Dois anos depois faleceu, determinando em testamento que fosse cremado e que suas cinzas fossem espalhadas pela cidade onde nasceu, "para que nada subsistisse".

Sobre o tradutor

Escritor, professor, memorialista, tradutor, organizador de coletâneas e enciclopédias, Jacob Penteado (1900-1973) deixou uma obra significativa. Nascido em Sorocaba, passou parte da infância em Buenos Aires, morando em seguida nos bairros do Bom Retiro e Belenzinho, em São Paulo, e fez carreira nos Correios a partir de 1920. Mas foi mesmo a literatura que o projetou, tornando-o um dos mais importantes memorialistas de São Paulo no século XX. Penteado organizou, traduziu e adaptou dezenas de livros, desde antologias de obras-primas da literatura infantil e de contos de terror ou policiais até uma edição da Bíblia, ilustrada, em cinco volumes. De sua própria autoria, deixou três obras obrigatórias. Além de *Belenzinho 1910*, vencedor do Prêmio Jabuti de 1962, e de *Memórias de um Postalista* (1963), escreveu a biografia *Martins Fontes, uma alma livre* (1969).

Diretor editorial
Carlos Augusto Lacerda

Editor
Luciano Trigo

Revisão
Eduardo Carneiro Monteiro
Rodrigo Rosa de Azevedo

Produção e capa
Ilustrarte Design e Produção Editorial

Imagem da capa
Bettmann/Corbis/LatinStock

Este livro foi impresso em São Paulo, em julho de 2007,
pela Lis Gráfica e Editora para a Odisséia Editorial.
A fonte usada no miolo é a Le Monde Livre, corpo 11/15.
O papel de miolo é pólen soft 70g/m² e o de capa é cartão 250g/m².